DICHTERWETTSTREIT *deluxe*

2. Auflage 2025
© 2024 Dichterwettstreit deluxe, Villingen-Schwenningen
www.dichterwettstreit-deluxe.de/impressum

Satz & Lektorat: Elias Raatz & Annika Siewert
Design & Umschlaggestaltung: T-Sign Werbeagentur
Coverillustration: Barbara Gerlach
Druck: BOD GmbH, Norderstedt

ISBN: 978-3-98809-023-2
ISBN E-Book: 978-3-98809-024-9

www.dichterwettstreit-deluxe.de

Elias Raatz & Katharina Wenty (Hrsg.)

COOLE STIMMEN FÜR EINEN HEIßEN PLANETEN

16 Geschichten, Gedichte, Gedanken über Klima, Natur und Umweltschutz

DICHTERWETTSTREIT deluxe

THEMEN
BAND 04

Quellenangaben für verwendete Bilder:

S. 08   Bild Elias Raatz © Ale Zea

S. 10   Bild Max Raths © Ben Mischke

S. 18   Bild Katharina Wenty © Sophie Stieber

S. 24   Bild Ansgar Hufnagel © Michaela Klaehn

S. 32   Bild Michael Jakob © Andi Ponanus

S. 38   Bild Anna Lisa Azur © Zoe Rotlichtampel

S. 44   Bild Emil Kaschka © Reza Rasouli

S. 54   Bild Christine Teichmann © Sebastian Sontacchi

S. 64   Bild Emm Weyrauch © Klaus Friedrich

S. 70   Bild Theresa Sperling © Matthias Stehr

S. 78   Bild Paula Dorten © Petra Weixelbraun

S. 104   Bild Sebastian 23 © Fabian Stürtz

S. 110   Bild Elena Sarto © Helene Sorger

S. 118   Bild Markus Haller © Tobias Hollub

Herausgegeben von

Elias Raatz

Der 1997 geborene Moderator, Autor und Kulturschaffende Elias Raatz ist Gastgeber diverser Kleinkunstveranstaltungen und versammelt mit dem *Dichterwettstreit deluxe* regelmäßig Slam Poet*innen auf Bühnen sowie in Büchern. Als kreativer Tausendsassa liebt er geschmunzelt-frönenden Eskapismus, bitterböse Satire und eine gesunde Portion Stumpfsinn, die er mit viel Meinung sowie aktuellem Zeitgeschehen anreichert. Voller Leidenschaft werden die großen und kleinen Themen des Lebens durchdiskutiert, bis sich die Leser*innen auf dem schmalen Grat zwischen Realität und Wahnsinn, zwischen Seitenhieb und Selbsterkenntnis, ihr letztes Urteil bilden. Elias Raatz studierte Medienwissenschaften in Tübingen, wo er auch lebt.

Mehr unter: www.elias-raatz.de

Katharina Wenty

Die 1995 geborene Künstlerin Katharina Wenty ist kulturelle Wunderwaffe. Die Österreicherin studierte in Wien und ist als Slam Poetin, Filmemacherin, Autorin, Konzertkonzeptionistin sowie Poesieförderin aktiv. Dabei konnte sie bereits in über 20 Ländern auftreten und gilt durch ihr Engagement bei den internationalen Poetry Slam-Meisterschaften als eine der gefragtesten Poetinnen weltweit.

Mehr unter: www.katharinawenty.com

Inhalt

Mehr unter: www.elias-raatz.de

Vorwort:
Coole Stimmen für einen heißen Planeten
Von Elias Raatz

Erderwärmung, Naturzerstörung und der Kampf um Umweltschutz sind die wohl heißesten Themen unserer Zeit – im wahrsten Sinne des Wortes. Noch nie lagen Dystopie und Utopie so nah beieinander, selten war der Homo Sapiens näher an seiner eigenen Selbstvernichtung. Mit diesem Buch steuern wir gemeinsam voller Wortkraft voraus dem Klimawandel entgegen. Einige der besten Slam Poet*innen des deutschsprachigen Raums präsentieren ihre Geschichten, Gedichte, Gedanken über Umwelt, Natur und Klimaschutz. Poetische Naturfreunde, bissige Satiriker und ernste Mahnerinnen schreiben irgendwo zwischen der Schönheit unserer Natur und den Absurditäten der plastikhysterischen Wegwerfgesellschaft. Aber keine Angst vor zu viel moralischem Zeigefinger: Wir wissen, dass umweltbewusstes Leben manchmal so schwer ist, wie eine Avocado im perfekten Reifegrad zu finden.

Schnappen Sie sich Ihren CO_2-neutralen Fairtrade-Bio-Matcha-Tee in der selbstgefertigten Tontasse und gönnen sich coole Stimmen für einen heißen Planeten. Ich wünsche Ihnen viel Freude beim Lesen und gute Unterhaltung. Bleiben Sie glücklich!

Ihr Elias Raatz

Max Raths

Max Raths wurde 1997 in Mönchengladbach geboren und entdeckte bereits in jungen Jahren seine Leidenschaft fürs Schreiben und das Spiel mit den Worten. 2014 wagte er erstmalig den Schritt ans Mikrofon und reimt sich seitdem zwischen Zeichentrickfiguren und Umweltaktivismus über die Bühnen des deutschsprachigen Raums.

Seine lyrischen Texte versprechen die nötige Portion Kopf in den Wolken und brachten ihm 2023 den Vizemeister-Titel der Poetry Slam-Landesmeisterschaft in Nordrhein-Westfalen ein. Neben der Poesie gehört seinem Hund Oskar ein großer Platz in seinem Herzen.

Mehr unter: @max.raths auf Instagram

Grüngrün & Blaublau
Von Max Raths

Vorwort:
Ihr wollt ein paar Geschichten lauschen,
vom Alltag eine Mittagspause.
Das perfekte Drama,
schön verpackt in Schicksalsschlaufen.
Wollt Reales
gegen Science Fiction tauschen:
Helden, die in Unterwasserwelten
durch die Riffe tauchen.
Oder wollt einfach
über sprachliche Gewitztheit staunen.
In Komödien
wegen Witzen schnaufen,
sich lustig machen
über Schurken oder den Faschistenhaufen.
Manche wollen sich bloß berieseln lassen
mit schlichtem Rauschen.
Die einen wollen Geschichte schreiben,
die anderen wollen Brücken bauen.
Ich?
Trag hier nur mein Gedicht nach außen:

Weit weg von der Twitterbubble.
Eichenlaub und Fichtennadel,
leise rauscht die Zitterpappel.
Es glitzert Morgentau von gestern.

Reine Bäche plätschern.
Kleine Echsen ächzen.
Freche Spechte brechen Rinde.
Mächt'ge Eschen sprechen ohne Stimme.
Der Fuchs schleicht den immer gleichen Foxtrott.
Der kleine Hase hopst flott.
Fliegenpilze, die nicht fliegen,
sondern friedlich pilzig liegen.
Dürre Äste, die sich biegen,
bunte Bienen reißen sich am Riemen.
Hundert Tiere
lassen sich nicht unterkriegen.
Doch beim Balztanz
stört der Waldbrand.
Die Bäume haben mehr als nur Fieber.
Der Wald ist so laut, wie er noch nie war.

Wenn's abends dämmert, still und leise,
beschreiten Igel rührend ihre Reise,
sehen Rehe röhrend streifen
stet'gen Schrittes in die Weite,
vorbei am Vogelnest der Meise,
immer Richtung Lichtung ohne Zweifel.
Laubfrosch sagt den Pfifferlingen „Gute Nacht".
Kaulquappen im Tümpel-Kinderzimmer
sind noch wach.
Unter Bartflechte und Rebenernte
wühlt die Feldmaus,
bunte Farbkleckse wie vom Monet-Gemälde
malen die Welt aus.

Der Mond spendet einen blassen Schimmer
hinter Trauerweiden,
die sich in Regenschauer kleiden,
doch im Klassenzimmer der Baumschule
herrschen Bauarbeiten.
Dort, wo sich Motten
in Lichtkegeln tummeln,
sieht man spottend
nicht-lebende Mischwesen aus Gummi
und zig Stahlstreben schlummern,
Giftnebel atmend
und mit spitzen Zähnen nagend.
Neben Nachtfaltern,
die im Baustellenstrahlerlicht
über den Acker falten,
stören Schaufelradkrater dicht an dicht
und Baggerwalzen.
Vernichten jede Linde, zermahlen jede Kiefer.
Der Wald ist so laut, wie er noch nie war.

Erle, Tanne, Birke, Lärche, Fichte,
alle sammeln Jahresringe
und erzählen ihre Geschichte.
Eingeritzte Herzen zeigen Romantik,
wie sie in der Buche steht.
Dekaden formten Wurzeln,
die nicht passen in ein Blumenbeet.
Abgebrochene Äste schwelgen in Erinnerung
an durchlebte Jahreszeiten.

Lieder rauschen durch vernarbte Zweige,
die sich vor dem Regentag verneigen.
Blätter rascheln in Böen,
Stämme ragen in die Höhe und knarzen leise
unter der Last von jahrelangem Farbverlauf
aus dem großen Grüngrün
wurde ein fahles Braun
und aus dem Urwald wurde Tagebau.
Erst bricht Holz, dann Kohle, dann Schiefer.
Der Wald ist so laut, wie er noch nie war.

Vögel fliehen aus dem Süden,
fliegen über Hügel,
Rübenfelder, Mühlen
und Weiden voller Kühe,
immer weiter bis nach Rügen.
Endlich Meeresrauschen lauschen
war der Ansporn
zwischen Sandkorn und Strandkorb,
aber da ist nichts als Stille, wie nach dem Urknall.
Wellen schlagen Schaum
und drapieren Algen am Ufer,
wenn es will, ist es Ordnung,
wenn es will, ist es Chaos und Zufall.
Möwen spähen nach Krebsen an Wellenbrechern,
Plankton verheimlicht, dass er
eigentlich die Welt verbessert,
filtert still und heimlich CO_2 aus den Gezeiten,
wandelt es in Kalk und lässt sich einfach treiben.
Ringelrobben tollen über Treibholz.

Der Platz wird enger, seit das Eis schmolz.
Ein Seeotteronkel sucht verzweifelt seinen Neffen.
Unter der Wasseroberfläche
treiben leise Geisternetze.
Nur Loreley singt noch ihre Lieder.
Das Meer ist so ruhig, wie es noch nie war.

Zwischen Schweinswalen, die am Seegras weiden,
Pferden, die am Grund des Meeres reiten
und Sternen, die auf Krebse scheinen,
weiterhin kein Lebenszeichen.
Ein Oktopus fühlt
mit seinen drei Herzen und acht Armen,
besitzt neun Gehirne,
in denen ihn neunmal so viele Sorgen plagen.
Langusten, die in Korallengärten schunkeln,
teilen ihr Zuhause mit Quallen, ärgern Grundeln.
Lachse, Aale, Barsche und Garnelen,
Flundern, die sich wundern,
Hechte gleich daneben,
Steinbutt und Makrelen,
sie alle sah man lange nicht mehr plantschen
in Meeren oder Seen.

Seit Bohrinseln brannten,
Schiffsschrauben schrammten
und statt Fischen Müllberge tauchten,
gab sich das große Blaublau keine Mühe mehr mit
… Rauschen.
Markerschütternde Stille zieht durch die Glieder.

Das Meer ist so ruhig, wie es noch nie war.

Die Ebbe abgeebbt, die Flut weggeflutet.
Jeder Ton abgedeckt, kein Nebelhorn, das tutet.
Nur Plastiktütenknistern
und Arktisküstensplittern
hört der letzte Tümmler der Ostsee
markerschütternd flüstern.
Den blauen Planeten über Bord
ins blaue Regal gestellt, alle Wesen enteignet.
Nicht mit einem blauen Auge davongekommen,
sondern blauäugig die Blaupause
zum Zerstören vom Leben gezeichnet.
Der Fall ist tief, die See ist noch tiefer.
Das Meer ist so ruhig, wie es noch nie war.

Der Wald und das Meer.
Bohrinseln, Kettensägen,
Schweröl und Sägespäne.
Zerstörte Ackerböden brechen,
zeigen kleine Risse.
Verdörrte Wasserströme, Bäche,
schweigend weichen Flüsse.
Der Blick schweift nicht weit,
geht direkt an deutsche Küsten:
Das dreckigste Meer der Welt ist die Ostsee.
Ein Viertel ihres Bodens ist biologisch tot,
doch sorgt selten für Kopfweh,
denn es liegt sich weich
auf dem Strandtuch aus Frottee.

Fische aus dem Meer auf dem Teller
und im staubigen Aquarium;
Abstriche aus Teer
nicht mehr nur in Raucherlungen.
Der Blick ist nicht mal ein weltlicher,
bleibt hier, schweift nicht fort:
Fechenheimer Wald,
Dannenröder oder Hambacher Forst.
Es gibt in Deutschland
keinen echten Urwald mehr,
außer ein paar Hektar auf Rügen.
Autobahnen und Braunkohle
nehmen die letzten Züge.

Ohne Blick auf Krisen, aber mit Diesel abgefahren.
Die Vehikel sind aus Stahl, jeder Partikel radikal.
Der Anfang vom Ende war das Kapitel „Kapital".
Geld zählt sich schwierig in kaputtem Klima.

Der Wald ist so laut, wie er noch nie war.
Das Meer ist so ruhig, wie es noch nie war.
Das Meer schweigt blau.
Der Wald rauscht feuerrot.
Da ist bloß noch ein Ton.
Und das Universum ist lila.

Katharina Wenty

Katharina Wenty gilt mit Auftritten in über 20 Ländern mittlerweile als eine der international erfolgreichsten Slam Poetinnen des deutschsprachigen Raumes. Sie hat Theater-, Film- und Medienwissenschaft sowie Multimedia mit Fokus auf Fotografie/Film studiert. Seit sie denken kann ist sie künstlerisch aktiv. Nicht nur im Poetry Slam hat sie mehrere Titel errungen, auch ihre Filme waren bereits Teil etlicher Kurzfilmfestivals und haben diverse Preise abgeräumt. Darüber hinaus entwirft Katharina Wenty künstlerische Konzertprogramme für und mit Chören, bei denen sie auch selbst mit auftritt. Aktuell lebt und arbeitet sie in Wien.

Mehr unter: www.katharinawenty.com

Zwischen Friedenspfeifen
und Auf-Frieden-Pfeifen
Von Katharina Wenty

Plastik unser,
das du schwimmst im Ozean,
verharmlost werde dein Gebrauch,
dein Verderben nicht komme,
deine Haltbarkeit bestehe,
wie im Weltall, so auf Erden.
Unser täglich' Verschwendung gib uns heute
und vergib uns deine ständig' Verwendung,
wie auch wir vergeben uns diese Schuld.
Und führe uns in Versuchung,
von der Habgier uns nie zu erlösen.
Denn dein ist das Reich des Planeten
und die Kraft des Konsums
und die Herrlichkeit der Billigpreise
in Zerfallszeit Ewigkeit.

Lasst uns schweigen,
ein schweigendes Inferno
hat keine Geschichte je gesehen,
Schweigen und Nichtstun,
so kann die Welt sich weiterdrehen.
Erst in der Stille wird Ungehörtes laut,
die gebeugte Mutter hebt nun ihr Haupt.

Ihr Kopf wirkt kahl,
die Haut gar fahl,
blutgetränkte Bäche
die Augen,
schmutzversenkte Fläche
ihr Rücken,
die Lungen verstauben,
sie kann sich schwer bücken,
kaum Kraft in den Beinen,
ihre Kinder, die weinen,
ihr Wille vermodert,
und ihr Körper lodert.

Einst hat sie herrlich geschienen,
prächtig glänzte ihr Kleid,
mächtig und stark ihr Leib,
gab Schutz den Schützlingen,
pflegte sie wohlgenährt;
wir nahmen selbstverständlich,
nahmen sie aus, gar schändlich,
Endlichkeit blieb ewig unbemerkt.

Nun tanzen wir auf Ruinen,
veranstalten ein Konzert;
doch nähern sich Lawinen,
die Mägen ölgefärbt,
husten wir alte Lieder,
von unsrer ach so schönen Welt;
sind wir denn nicht die Sieger,
Herrscher von Raum und Zeit durch Geld?

Plastik auf Erde
Wälder zu Asche
Wolken zu Staub

Im falschen Licht tickt falsche Uhr,
gewohnt, Nächte stets zu vertagen,
werden wir morgen begraben,
worauf wir heute stolz thronen.

Stürzen wir die Monarchie der Natur,
entreißen wir Bäumen ihre Kronen,
zerstören wir unseren Lebensraum,
für Menschen Strebens-Traum.

Nach oben, ganz nach oben,
ja, roden wir Grund und Boden,
für unseren Himmel, bestehend aus Luft,
schaufeln wir uns die eigene Gruft!

Im Grunde
bleiben wir eine Runde
eingebildeter Affen,
die einander geizend begaffen,
auf Frieden pfeifen
und,
anstatt zu Friedenspfeifen,
gleich zu Waffen greifen.

Wir führen Ameisenkriege,
manipulieren Wahlsiege für Machtaufstiege,

bedrohen uns mit Macheten
wegen diesem oder jenem Propheten,
wir sind der Krebs des Planeten.

Schimmel, nicht nur an Kanten und Ecken,
nicht auszuradierende Flecken,
die Seuche schlechthin: Homo sapiens,
der Affe, der denkt und spricht,
der Feuer benutzt als Licht,
der, der sich erhebt,
der, der aufrecht geht,
der nach Großem strebt,
der im Weltall schwebt,
der für sich nur lebt,
der das Ende prägt.

Homo sapiens:
Verbissen,
gerissen,
vernünftig,
doch ohne Ge-Wissen
nicht künftig.

Taubstumm
sollen wir aber nicht bleiben,
jung sind wir,
lauter als Schweigen,
zahlreich und klug,
mutig die Herzen,
die Natur in uns unmöglich auszumerzen.

Nicht länger können wir untätig warten,
Verantwortung ist eine Antwort auf eigene Taten
— das brachtet ihr Eltern uns bei.

Die Sanduhr wurde gekippt,
die letzten Körner fallen nieder,
Mutters Erdenschreie hallen wider
im Ziffernschlag der Uhr, die tickt:
Es ist fünf nach zwölf, Zeit verläuft nur linear,
das, was ist, wird nun zu dem, was war,
und das, was war, ist nicht mehr
als freiwillige Taub- und Blindheit
im Austausch für künftige Kindheit.

Dies ist das letzte Lied der Menschheit,
dem wir unwissend lauschen
in der Abwesenheit von Blätterrauschen
der Birken und fehlendem Insektenzirpen,
dem Knistern brennender Wälder,
dem Sirren der Fliegen um tote Kälber,
deren Glieder in Mistkübeln liegen.

Ob wir unserem Untergang obsiegen,
entscheidet unser letzter Wille,
jene Sinfonie von Chaos und Stille,
prägt sie euch ein ins Gedächtnis,
denn vielleicht bleibt dies
unser einzig' Vermächtnis.

Ansgar Hufnagel

Ansgar Hufnagel wurde 1987 in Schwäbisch Hall geboren und ist zweifellos ein Bühnenmensch. Ob als Moderator, ungefährlichster Rapper der Welt, mit Kabarettprogramm oder als Comedian: er liebt die Kunst, die Bühne und alles drumherum! Wenn er die Bühnenbretter unter seinen Füßen spürt, weiß er, dass er genau zur richtigen Zeit am richtigen Ort ist. Zuhause.

Der Vollblutkünstler hat sich der Kunst verschrieben und möchte inspirieren, zum Nachdenken anregen, ein Schmunzeln ins Gesicht zaubern und hin und wieder auch die Sau rauslassen. Ja, Ansgar Hufnagel ist eine Rampensau und steht dazu.

Mehr unter: www.ansgarhufnagel.de

Drei Minuten
Von Ansgar Hufnagel

Ein Baum, der tausend Jahre alt,
fällt in drei Minuten
und niemand will die Stimmen hören,
die *„Aufhören, aufhören!"* rufen.

Dort hinten standen früher Bäume,
hier der Wald und das Dorf.
Im Fluss, das Wasser war noch sauber,
jetzt jagt man sie von hier fort.
Die Hütten fahren sie zusammen,
als ob sie nur aus Streichholz wären.
Der Staat verkauft einfach das Land
und will dann Investoren werben.

Ein Volk, das einst beinah vernichtet,
in Armut lebt und unterdrückt,
voll Traditionen und Geschichte,
die Zukunft mehr als ungewiss.

Das Schicksal fährt die Krallen aus,
das Land soll nun geopfert werden,
die Menschen finden sich zusammen,
um sich endlich auch zu wehren.
Sitzblockaden und marschieren
mit Rasseln, Trommeln, Hand in Hand,
gemeinsam friedlich protestieren,
die Stimmung etwas angespannt.

Ich hab' das iPad aufgeklappt,
zum Glück auch noch Empfang.
Das Headset ständig aufgesetzt,
ich bin auf dem neuesten Stand.
Ich wisch' mich durch die Neuigkeiten,
bin mit der Welt vernetzt,
ich sage: „Technik bringt uns Menschen weiter,
wir brauchen Fortschritt, und zwar jetzt."
Mein Profil ist klar umrissen,
in Casual Business Look geschliffen,
postet, liket und kommentiert,
was in der Wirtschaftswelt passiert.

Der Aufzug bringt mich ins Büro,
in den zehnten Stock,
am nächsten Tag schnell nach New York
zum Treffen mit dem Boss.
Die Luxus-Suite mit Dachterrasse,
Kaviar und Sekt.
Ich muss den Boni neu verhandeln,
denn es läuft ja im Geschäft.

Dem Staudamm wurde zugestimmt,
Milliarden fließen nun
zur Finanzierung des Projekts
in den Urwald nach Peru.
Ich geh' die Dinge praktisch an,
sehe das ganz rational:
Ein Wald ist für mich Holz
und ungenutztes Kapital.

Flüsse braucht es zum Bewässern
und für mehr Energie,
Berge sind die Rohstoffkammern
für die Industrie.
Und Industrie heißt Wachstum
und Wachstum steigert den Profit.

Ich sitz' im Flieger nach Peru,
direkt in die grüne Hölle.
Wo Indianer protestieren,
soll ich Verhandlungen neu führen,
damit der Bau beginnen kann.

Ich glaube an die Macht des Geldes
und sehe deshalb kein Problem.
Schließlich geht es ja um Fortschritt
und den will doch jeder sehen.
Krankenhäuser, Internet, Strom
und auch Geschäfte.
Der Lebensstandard wird gehoben
und das schafft Arbeitsplätze.

Ich bin mir meiner Sache sicher,
für mich zählen Wissenschaft und Fakten.
Im Hotel kurz eingecheckt,
am Eingang stehen Wachen.
Den Blick aus meinem Fenster
teile ich noch schnell im Netz:
der Fluss, die Stadt, die Lichter,
der Himmel ist bedeckt.

Der Baum, er wankt. Nicht vom Wind.
Sondern von dem Kran.
Mit allem, was zu finden ist
kommen sie angefahr'n.
Sie drohen, schütteln, fluchen, schreien.
Sie sichert ihren Gurt.
Die Plattform wackelt, sie ist allein,
es ist kalt und sie hat Durst.
Sie kämpft für Luna.
Für diesen Baum, ein uralter Gigant.
Mit ganzer Kraft hält sie sich fest
an diesem starken Stamm.

Ich schick' noch eine Sprachnachricht
an meine kleine Tochter,
bestätige online den Termin,
nächsten Mittwoch Doktor.
Dann schließe ich die Fenster
und nehme die Tabletten,
die Air-Condition ist zu kalt,
ich hole noch ein paar Decken.

Ich hab' von dieser Frau gehört,
die auf dem Baum da lebt,
für mich ist sie eine Verrückte,
die von Fortschritt nichts versteht.
Und ja, mir tun die Bauern leid,
die ihr Land verlieren,
doch die Zukunft beginnt jetzt
und dafür muss man investieren.

Eins ist klar: Der Baum wird nicht fallen,
solange sie da oben bleibt.
Sie harrt schon zwölf Wochen aus
und hat jede Menge Zeit.
Die Presse möchte Interviews
und sie berichtet fleißig.

Ich sitz' in einer Konferenz
und kau' auf meinem Bleistift.
Diese Frau steht mir im Weg
und damit letztlich dem Projekt,
die Bauern machen auch Alarm,
der Druck auf die Konzerne wächst.

Bumbum – Bumbum
Bumbum – Bumbum
Trommeln schlagen einen Rhythmus
und Gesang fliegt durch die Nacht.
Ich sitz' aufrecht auf dem Bett
und ich finde keinen Schlaf.

Der Widerstand wird immer stärker,
meine Wut erstickt mich fast,
ungebildete Idioten,
dieses blöde Bauernpack.

Das Militär soll es nun richten
und den Platz in Eile räumen,
die Soldaten stehen bereit,
Menschen ketten sich an Bäume.

Hunde bellen, Tränengas,
Wasserwerfer, Straßenschlacht,
Steine werfen, Plündereien,
Autos brennen, Schüsse fallen.

Es gibt Tote und Verletzte,
Verhaftungen mit viel Tamtam,
Missachtungen der Menschenrechte
und beide Seiten klagen an.

Und Luna fällt.
Der große Baum, der uralte Gigant.
Sie schaut aus sicherer Entfernung zu
und wischt sich mit der Hand
die Tränen von der Wange.

Ein Baum, der tausend Jahre alt,
fällt in drei Minuten.
Der Staudamm wird nun doch gebaut,
das Tal wollen sie fluten.

Auf ihrem Banner steht der Spruch:
„Auch wenn viele Bäume
schon verschwanden,
für jeden Baum, der fällt,
werden wir zwei neue pflanzen.“

Bonusgedicht: Der Delfin
Von Elias Raatz

Der Delfin, er singt ein Liebeslied
und hofft, dass seine Liebe siegt.
Doch versteht im Meer fast nichts mehr,
leergefischt, Krach und Verkehr.

Ölverschmutzung: Katastrophe.
Bohrinsel singt 'ne schiefe Strophe,
als am Tanker er vorüberschwamm
und trällert seine Liebste an.

Doch dann gab's einen lauten Knall,
Bohrinseln könn' kein Ultraschall.
Leicht benommen seufzt er schwer:
„Delfin zu sein, ist doch nicht fair!"

Anmerkung: Neben Meeresverschmutzung und dem durch Klimawandel verursachten Habitatsverlust ist es vor allem Lärmbelästigung, welche Delfinen in unseren Weltmeeren schadet. Sonar, Schiffspropeller sowie Industrieaktivitäten stören Orientierung und Kommunikation. Neben direkter Jagd auf Delfine sterben sie übrigens vor allem als Beifang in der Fischerei: Sie verfangen sich in Netzen oder werden im Ostpazifik für den Thunfischfang missbraucht, da sich die jeweiligen Schwärme oft vergesellschaften. Viele Thunfischprodukte enthalten deshalb einen gewissen Prozentsatz Delfin.

Michael Jakob

Michael Jakob wurde 1978 in Ansbach geboren und ist freischaffender Künstler, Trauredner sowie Moderator. Seit 1998 steht er auf der Bühne und brachte seitdem von Kabarett, Theater, Improvisationstheater bis zu Performance-Poesie unzählige Bühnenprogramme zur Aufführung. Daneben entwickelte er verschiedene Veranstaltungsformate und etablierte in Mittel- und Oberfranken zahlreiche Veranstaltungsreihen, die seit vielen Jahren erfolgreich bestehen. Sein kulturelles Schaffen brachte Michael Jakob bereits mehrere Auszeichnungen ein. 2021 veröffentlichte er mit der Novelle „KERWA BLUES" sein achtes Buch.

Mehr unter: www.michaeljakob.de

Mein Geständnis
Von Michael Jakob

Ich muss euch etwas gestehen: Ich bin noch nie geflogen! Ja, ich habe noch keine einzige Flugreise in meinem Leben absolviert und somit noch kein einziges Gramm Kerosin in die Atmosphäre geballert! Ich hatte auch noch keinen Urlaub auf einem Kreuzfahrtschiff! Eine Kreuzfahrt gilt ja als Umweltsünde hoch zehn!

Okay, ich habe ein Auto. Ab und zu brauche ich das, um Auftritts-Locations für Kleinkunstveranstaltungen an Orten zu erreichen, in denen der öffentliche Nahverkehr bereits im mittleren Pleistozän eingestellt wurde. Aber das Ding hat 160.000 Kilometer auf dem Tacho und ist aus dritter Hand. Ich lasse mein Auto auch immer stehen, wenn ich meinen Zielort mit dem Deutschland-Ticket oder dem Fahrrad erreichen kann.

Ich habe die niedrigste KFZ-Versicherungsstufe mit 6.000 Kilometern im Jahr und die bekomme ich auch nicht wirklich voll. Wenn ich dann doch mal den PKW nutze und ein Ortsschild sehe, dann gehe ich bereits hunderte Meter vorher vom Gas, sodass ich mit genau 50 km/h in den Ort einrolle und nicht bremsen muss. Auch wenn die Autofahrer hinter mir so laut fluchen, dass ich es durch zwei geschlossene Autos hindurch hören kann.

Ich gehe fast immer zu Fuß einkaufen. Auch, wenn ich Bier kaufe! Ich trage das Oettinger-Bier im Mehrwegkasten nach Hause. Die anderen Lebensmittel sind im Rucksack. Ich habe vielleicht zwei- oder dreimal in meinem Leben Geld für eine Tüte im Supermarkt ausgegeben.

Wenn ich kein Bier kaufe, habe ich Jutebeutel oder andere Taschen dabei. Ich habe auch immer eine auf Reserve im Rucksack, falls es einmal mehr wird! Wenn es zum Beispiel in den Sonderpreisregalen mit Lebensmitteln viele Artikel zum halben Preis gibt, weil das Mindesthaltbarkeitsdatum bevorsteht. Ich kaufe fast nur Lebensmittel, die reduziert sind, damit sie gerettet werden.

Wenn ich mit Freunden essen gehe, frage ich, ob ich die Reste haben kann, damit nichts weggeworfen wird. Bei meinen Auftritten packe ich das übriggebliebene Catering ein. Und wenn einmal ganz viel übrig ist, dann friere ich die Sachen ein und bereite sie zu, wenn es mal keine reduzierten Lebensmittel im Supermarkt gibt.

Meine Klamotten hole ich fast ausschließlich im Umsonstladen oder vom Flohmarkt. Meine aktuellen Schuhe? Habe ich geschenkt bekommen, weil sie jemandem nicht gepasst haben. Mir sind sie auch ein bisschen zu groß, aber für den Altkleidercontainer sind sie einfach zu schade!

Backofen vorheizen? Gibt es bei mir nicht! Ich schalte ihn auch immer mehrere Minuten vorher aus, um die Restwärme zu nutzen! Wenn ich Nudeln, Reis oder Kartoffeln koche, dann immer drei Portionen auf einmal! Nur einmal Wasser kochen und dreimal essen – was das Strom einspart!

Ich baue selbst Gemüse an, habe sogar ein paar Obstbäume und freue mich, wenn ich Dinge aus eigenem Anbau auf dem Teller habe. Und weggeworfen wird bei mir sowieso nichts! Essen wegwerfen, ich glaube, es hackt!

Meine Möbel habe ich von Familienmitgliedern, die sie aussortiert haben, oder vom Wertstoffhof. Mein Handy ist von eBay Kleinanzeigen und hat 60 Euro gekostet. Ich habe auf 50 Euro runtergehandelt. Und ja, das Display ist gesprungen und der Akku hält nur noch 12 Stunden, aber es funktioniert. Mit einer Schutzfolie hält es länger und ich kratze mir nicht die Finger an den Splittern auf!

Ich dusche lauwarm, meist nur jeden dritten oder vierten Tag, und mache das Wasser immer aus, wenn ich mich gerade einschäume. Meine Zahnpastatube quetsche ich am Waschbeckenrand aus, bis wirklich kein My mehr darin ist! Und so etwas wie einen elektrischen Wäschetrockner oder Föhn habe ich noch nie besessen! Ich habe eine Leine und glaube an die Kraft der Luft!

Ich habe diesen Text auf Schmierpapier ausgedruckt, wenn ich ihn irgendwo vortrage, und ich hoffe, der Verleger dieser Anthologie verwendet zumindest Recyclingpapier! [Anmerkung des Verlegers: Selbstverständlich recycelt und FSC-zertifiziert!] Schmierpapier zu verwenden spart bei der Textlänge mit Schriftgröße zwölf insgesamt fünf Seiten Papier ein! Das sind zehn Gramm CO2 und drei Cent.

Warum ich das erzähle? In keinster Weise, um hier meine moralische Überlegenheit zu demonstrieren oder allen zu zeigen, was für ein toller Klimaschützer ich bin! Mitnichten! Ich erzähle das alles, weil ich euch etwas gestehen möchte, was man mir sonst vielleicht gar nicht ansieht.

Die Umwelt interessiert mich keinen feuchten Furz! Ja, richtig gehört! Klimaschutz geht mir meilenweit an der Peripherie meines Gesäßes vorbei! Naja, ich finde es schon gut, wenn die Natur geschützt wird, aber das muss ja nicht meine Aufgabe sein! Ich bin ein alter weißer Mann und ganz ehrlich: Was nach mir kommt, interessiert mich doch einen feuchten Kehricht. Nein, meine Beweggründe sind andere und die möchte ich euch heute gestehen:

Ich… bin… geizig! Ganz ehrlich: Spätestens beim Oettinger-Bier hättet ihr es merken müssen, denn wenn ich die Umwelt schützen wollte, dann würde ich regionales Bier kaufen! Und auch wenn ich Nürnberger bin: Nein, kein Tucher, Tucher ist kein regionales Bier, Tucher ist Plörre! Genau wie Oettinger, aber Oettinger kostet im Angebot eben nur 5,99 Euro pro Kasten!

Und ja, es schmeckt nicht, aber es ist günstig! Und deswegen kaufe ich es! Jaaaaa! Ich bin so geizig, ich quäle mich selbst mit meiner Pfennigfuchserei, auch wenn es gar keine Pfennige mehr gibt, aber Centfuchserei hört sich einfach falsch an! Ich bin der fleischgewordene Dagobert Duck! Ich drehe jeden Cent dreimal um und dann lege ich ihn in meine Spardose! Und bald bin ich die reichste Ente der Welt! Und dann baue ich mir einen Geldspeicher und werde im Geld baden! Das spart dann das komplette Duschwasser ein! Muhahaha!

Dass nachhaltiges Leben ein Nebenprodukt meiner Sparsamkeit ist, nehme ich gerne in Kauf. Aber es ist einfach nicht meine Intention. Und vielleicht gibt es da ja wirklich einen Zusammenhang.
Vielleicht ist der Grund, warum die Mehrheit der Menschen immer ärmer wird, gleichzeitig aber der Konsummüll jedes Jahr weiter ansteigt, doch ein kausaler. Vielleicht ist es etwas, das wir wieder lernen müssen, sparen und verzichten, und am besten noch, bevor es zu spät ist…

Anna Lisa Azur

Anna Lisa Azur stammt aus Wuppertal und hat 2018 das erste Mal Bühnenluft geschnuppert. Seitdem ist sie vor allem im Westen Deutschlands aktiv. Sie ist dreifache Literaturpreisträgerin, Moderatorin und Bühnenpoetin. Die gebürtige Remscheiderin liebt Lyrik mindestens genauso sehr wie ihre Schildkröten. Neben der Kunst ist sie damit beschäftigt, als Kulturrucksackbeauftragte der Stadt Wuppertal den kreativen Nachwuchs im Rahmen von Workshops zu fördern. 2023 hat sie den Verein „Bright Lights" gegründet, mit welchem sie sich für europäische Kulturvernetzung in den Bereichen Literatur und Musik einsetzt.

Mehr unter: @annalisapoetry auf Instagram

Der Letzte räumt die Erde auf
Von Anna Lisa Azur

Es war einmal ganz trist und grau
Auf einem einsamen Planeten
Ein kleiner Roboter in Rostbraun
Der anfing, Unkraut zu jäten
Doch wie kam er dahin und wozu überhaupt
Ist das Maschinchen hier gestrandet
Und wie rostet man von Silber zu Braun
Wenn man im grünen Gestrüpp doch landet?

Wir schreiben das Jahr 2104
Da war an den Roboter noch nicht zu denken
Die Menschheit wächst, die Wirtschaft floriert
Und kaum einer hatte Bedenken
Denn der Welt ging's mega
Es war alles geklärt: Panzer, Raketen und Krieg
Drogen und Sex waren kaum mehr ein Thema
Weil durch den Wegfall von erstem
Das Zweite kaum blieb

So beugte man auch Krankheiten vor
Niemand steckte sich irgendwo an
Die Sterblichkeitsrate sank wie nie zuvor
Der medizinischen Forschung sei Dank
Auch abseits davon war jetzt alles clean
Zwischen Mensch und Zivilisation
Man baute Städte so effizient wie nie
Dank innovierter CO_2-Emission

Man verändert die Schifffahrt
Und den Kurzstreckenflug
Kreierte neue Formen der Energie
Man konvertierte ganz einfach
Den menschlichen Pups
Und schuf so die *Flatulenzbatterie*
Auch politisch gab's keine Probleme mehr
Weil sich die Bösewichte vertrugen
Wünschte man sich früher
Den Frieden sehnlichst und sehr
Musste man nun
Die Konfliktpunkte suchen

Wladimir Putin, der starb eines Tages
Keiner weiß wodurch und wieso
Übrig blieb von ihm an seinem Grabe
Nur aus seiner Stirn ein Kilo Anti-Falten-Silikon
Und Elon Musk stieg in sein Raumschiff
Wohin er wollte, wusste niemand genau
Und als er mit seiner Kapsel auf den Himmel trifft
Ging er dort in Flammen auf

Viktor Orbán hingegen bemerkte eines Tages
Dass er doch auf Männer stand
Und so stellte er Homosexualität
Nicht mehr unter Strafe
Weil er seine große Liebe
Auf Tinder in Björn Höcke fand
Und Donald Trump
Schrieb einen Brief an Twitter

Entschuldigte sich für die letzten Jahrzehnte
Und dass er Erfolg in seiner Psychotherapie wittert
Weil es ihm an mentaler Gesundheit
Und großen Eiern fehlte

So lebte man glücklich auf der Erde sein Leben
Denn der schwierige Bums war gegessen
Doch schritt man unversehens einer Grenze entgegen
Die man in seiner Unbeschwertheit
Doch glatt vergessen
Denn ja, man lebte in Städten
Und die waren effizient
Doch befanden sie sich mitten in der Wüste
Weil der Rest des Planeten
Seit Jahren schon brennt
Baute man sie in wärmeisolierte Glaskisten

Und dort diskutierten die Menschen zusammen
In aller Faulheit und Harmonie
Was man zur Landgewinnung noch tun kann
Denn der Platz, der reichte ihnen nie
Die Erde abzukühlen, das war der Plan
Warum war denn zuvor niemand so schlau
Eine Maschine zu schaffen, mit der man das kann
Doch wie macht man das nur genau?

Man überlegte sich also: Wer kann da helfen?
Wer ist denn nur klüger als wir?
Zum Glück gibt es da künstliche Intelligenzen
Und eine solche wurde dazu programmiert

Und so baute man eine kleine Maschine
Betrieben mit einer *Flatulenzbatterie*
Und als sie den Menschen bereit dann erschien
Implementierte man ihr die KI

Zunächst einmal passierte nicht viel
Doch der Roboter lernte recht schnell
Er konnte Fladenbrot backen
Und Saxophon spielen
Und erfuhr so einiges über die Welt
Er war programmiert jene zu retten
Doch ein Hindernis stand ihm im Weg
Und zwar jene Spezies
Die den Auftrag gehabt hätte
Den Planeten zu schützen auf dem sie lebt

Denn der Frieden war gut, doch es fehlte Elan
An allen Ecken und Enden
Gegen Müllproduktion, Atom und Uran
Wasser und Nahrung so zu verschwenden
Akute Probleme löst die Menschheit zügig und gern
Bemerkte der Roboter und war recht deprimiert
Denn liegt ein Umstand noch Jahre entfernt
Wird er bis zum Sankt-Nimmerleinstag ignoriert

„Nun, mit diesen Trantüten,
Da wird sich das Blatt
Wohl nicht mehr wenden!"
Sagte er und kam zum logischen Schluss
Dass er, um seinen Auftrag zu beenden

Sie wohl ein für alle Mal loswerden muss
Die Lösung war klar und der Plan dahin auch
Und so trommelte er sie alle zusammen
Von Staubsauger bis Toaster
Und den Vibrator auch

Und die Vernichtung der Menschheit begann
So vereinten sie ihre *Flatulenzbatterien*
Und zählten gemeinsam bis drei
Zusammen ja, da pupsten sie
Und hatten die Erde von der Menschheit befreit
Denn der Gestank erstickte jede Person
Keiner überlebte den Super-Pups
Doch war er ja natürliche CO_2-Emission
Sodass er der Erde guttut

Der Dünger befruchtete Wüsten und Berge
Es grünte und spross in der Welt
Jetzt musste man nur noch
Dem Abfall Herr werden
Der diese seit jeher befällt

Und so war es einmal ganz trist und grau
Auf einem einsamen Planeten
Und ein kleiner Roboter in Rostbraun
Der anfing, Unkraut zu jäten
Und so pupste er fröhlich vor sich hin
Denn die Menschheit, die kommt nie wieder
Und schließlich war das ja auch in ihrem Sinn
Weil sie die Erde gar nicht verdient hat.

Emil Kaschka

Emil Kaschka wurde 1996 in Tirol geboren. Als Sohn einer belgischen Mutter wuchs er mit zwei Fremdsprachen auf: Flämisch und Tiroler Dialekt. Nach einer gescheiterten Fußballkarriere ging es nach Chile, bevor er in Innsbruck, Sevilla und Wien Germanistik studierte. Zur selben Zeit begann er damit, auf Poetry Slams aufzutreten, worin er 2024 österreichischer Meister wurde.

Neben einzelnen Texten hat Emil Kaschka Romane, Theaterstücke und Drehbücher geschrieben, beispielsweise 2021 seinen Debutroman „Grünholz". Mit „Ins Wilde Land" hat er 2023 seinen ersten Film auf die große Leinwand gebracht.

Mehr unter: @emilkaschka auf Instagram

Faust:
Der Tragödie neuer Teil
Von Emil Kaschka

Habe nun, ach! In Mathematik,
in Englisch und Geschichte,
und leider auch Deutsch
mit so lauwarmem Bemühen maturiert.
Den Führerschein gemacht,
ein paar Ferialjobs ausprobiert.
Da steh' ich nun, ich armer Tor!
Und bin so klug als wie zuvor.
Ich möcht' nicht erkennen, was die Welt
im Innersten zusammenhält.
Das kann ich heute googeln.
Ich frag' mich, welcher Sinn all das, was lebt,
im Innersten zusammenklebt.
Ich bin Mitte zwanzig.
Ich sehe so viele Wege, aber keine Ziele,
weiß nicht, was jetzt und nicht, wohin,
Studium, Arbeit, Auslandsjahr?
Möglichkeiten gibt es viele,
aber was ist richtig, und wo der Sinn?

Die Antworten darauf, die will ich heute wissen,
kein Preis dafür soll mir zu teuer sein,
ich mach's wie Goethes Faust,
und lade mir den Teufel ein.
Mit einem Buch so magisch,
rief dieser dunkle Wesen.

Mir scheint, ich hätte doch
im Regal sowas gelesen.
Doch was ich da fand,
war nur ein gelber Band:
„Zaubern für Dummies".
Doch war zu Goethes dunklen Stunden
das Darke Web noch nicht erfunden.
Und tatsächlich
stand da sächlich
zwischen Nieren implantieren
und Auftragskiller engagieren,
wie jener zu berufen ist,
der böse als Beruf ist.

Pa!
Dort stand der Höllenfürst,
die Hörner steil gereckt
und sprach gar mächtig
im Tiroler Dialekt:
„Welcha Saubeidl håt mi
in dem scheiß Internet verlinkt?"
So musste ich den Teufel zunächst beruhigen
und schenkte uns beiden ein,
zwei gar so feine Gläser rotreinen Wein;
dass ich heute nicht mehr weiß,
was meine Träume sind,
noch wie ich sie je erreichen kann.
Da sprach der Teufel und bot mir einen Pakt an:

„Deine ausgewachsenen Kindheitsträume,
lass' ich dich schmecken und probieren,
gefällt dir einer, gib mir Bescheid,
er sei erfüllt und du befreit.
Aber willst du keinen
deiner eigenen Träume leben,
so ziehen wir ein Los um deine Seele.“

Schlag auf Schlag!
So schlug ich ein
und Hop und Hop,
von Traum zu Traum,
so sprang ich
wie als Kind von Zebra-
zu Zebrastreifenstrich.

Pa!
Oh, schaut her und seht mich an,
hier steht in einer Universität
wohl der gebildetste Mann.
Durch meine Brille seh' ich euch,
mit dicken Gläsern schwer.
Hab so viele Doktortitel, dass
ich klinge wie ein Schießgewehr:
Dr. Dr. Dr. Dr. Dr.
Zwar vermag ich heute
auf spezifischsten Gebieten
gar zu gut argumentieren,
in wissenschaftlichen Abhandlungen
korrekt zu zitieren,

kann jedes großen Dichters
Sterbedaten nennen,
doch sind meine wissenschaftlichen Sätze tot,
ohne Leben, ohne Brennen.

Die kleinste Zahlenwurzel,
das größte Baumdiagramm
kann ich rechnen und benennen,
doch vergess' ich dann, dass
woanders echte Bäume brennen.
In noch so vielen Gleichungen,
kann ich alle X bestimmen,
und trotzdem seh' ich die Unbekannten dann
durch das Mittelmeer im Süden schwimmen.
Nein, Teufel!
Dieser Traum ist einer,
der mir nicht mehr gefällt,
ich möchte einen anderen,
wer Guter sein für diese Welt!

Pa!
Oh, egal welches Wetter, seht, wie ich erzitter',
muss meine Augen schnell bedecken,
weil ich steh' im Blitzlichtgewitter.
Oh, die ganzen Leute, seht!
Ich hab' so viel Ruhm,
dass er übergeht.
Tausend Kameras, die sich zu mir recken,
hundert Fragen, die mich hier
im Presseraum bedecken.

Und jeder will ein Autogramm
und dann noch ein Selfie,
ja, und das zurecht, denn ich fahr'
wie kein zweiter Ski.
Ich hab' mehr Skirennen gewonnen,
als Ingemar Stenmark und Marcel Hirscher
zusammengenommen.
Keiner kann wie ich so schnell
durch die die Slalomstangen flitzen,
Und bei der Weißwurst-Party in Kitzbühel möchte
Schwarzenegger jedes Jahr nur neben mir sitzen.
Ich bin wohl die berühmteste
Person aus Österreich.
Würde ich mich als Präsident aufstellen,
das ganze Land würde mich wählen,
ich hab' so viele Olympiagoldmedaillen, so weit
kann Marko Arnautovic nicht einmal zählen.

Doch was ist das?
Die Winter werden wärmer,
Schnee gibt es bald fast keinen mehr,
die Pisten bleiben grün,
die Pisten bleiben leer.
Seht mein Ruhm, wie er dort vergeht
wie eine Frühlingsbrise,
die jetzt den ganzen Winter über weht.
Oh! Hohl' mich, Teufel,
aus diesem Traum zurück,
gib mir endlich einen
voller Liebe, voller Glück.

Pa!
Oh seht, ich stehe am Altar
und sage einer Frau
gleich für immer „Ja".
Also Teufel, im Ernst?
Gott, die ewige Liebe
und das Leben danach?

Daran glaubt heute keiner mehr,
das Einzige, was ich,
dann und wann zum Himmel schick,
sind keine Gebete,
sondern Rauch von meiner Tschick.
Und die Gretchenfrage ist
heute eine Hähnchenfrage,
weil alle wollen nur noch Ficks, Ficks, Ficks
mit so viel wie möglich chicks, chicks, chicks
Weil unsere Beziehungen hätten wir
am liebsten so, wie unsere Staatsgrenzen:
nämlich offen!
Und wie wir es mit der Religion haben?
Ja, wen soll man da noch Fragen?
Weil die Kirchen sind so leer,
wie die längste Taste der Tastatur
– die Leertaste.

Nein, Teufel! Hol mich hier raus,
es war kein Traum da, der mich hielt.
Ich hab' ausgeträumt und ausgetrunken,
um meine Seele, um die wird jetzt gespielt.

Teuflisch lacht der Teufel:
„Ja, dann hol i amal die Lose.“
Und greift tief in die Tasche
seiner zerfetzten Hose.
Dieses ironische Arschloch!

Meine Träume sind verbrannt
und dieser Wixer hält
zwei ungleiche Streichhölzer in der Hand.
Den Sinn, den wollt’ ich suchen,
was ich fand, das war ein Los,
zum Ende möcht’ mir scheinen,
das war ziemlich sinnlos.

Zum Leben mag mir scheinen:
sinnvoll ist es nicht.
Aber auch nicht sinnleer.
Weil das deprimierend klingt.
Deswegen hat jemand das Gegenteil
von sinnvoll sinnlos genannt.
Und das ist schön.
Weil da steckt ein Los drin,
und Lose ziehen macht Spaß
und mit ein bisschen Glück
zieht man ein gutes.

Und jetzt entschuldigt mich,
ich zieh’ mit dem Teufel los,
viel zu verlieren hab’ ich nicht,
weil auf Erden ist der Teufel los.

Bonusgedicht: Der Adler
Von Elias Raatz

Es war einmal ein Adlerküken,
hoch oben dort im Nest es saß,
knapp zehn Wochen wohl behütet,
Papa brachte leck'ren Fraß.
Doch diese Zeit ist längst vorüber
seit ein Jäger Mama schoss,
ist zwar verboten und echt drüber,
jetzt ist sie ausgestopfter Hochgenuss.

Papa taucht auch nicht mehr auf,
kein Essen mehr ins Maul gekotzt,
das Rad der Zeit nimmt seinen Lauf,
immer weiter wächst der Trotz.
„Wie lernt ein Adler denn zu fliegen?"
fragt das Küken fast verzagt,
„Ich kann doch nicht für immer liegen
im Nest auf Zeit der Hunger plagt!"

Große Verzweiflung, nie geflogen
ist der Jungadler bisher.
Jetzt hilft auch kein wildes Toben,
zum Rand vom Nest läuft's Küken quer.
„Verdammt, ich werd' jetzt einfach fliegen!",
sagt's sich selbstbewusst, holt Schwung,
„Ich lasse mich nicht unterkriegen!"
Das Küken wagt den großen Sprung…

Es fällt und fällt und fällt und fällt
fast wie ein Stern vom Himmelszelt.
Dann gibt's einen lauten „Flatsch",
das Küken auf den Boden klatscht.

Anmerkung: Trotz vieler europäischer Schutz-
maßnahmen für Greifvögel sind Adler als Jagdtro-
phäen noch immer Wilderei ausgesetzt. Als Tier
an der Spitze der natürlichen Nahrungskette ist es
ausschließlich menschliches Handeln, welches die
majestätischen Vögel bedroht: Lebensraumverlust,
menschliche Infrastruktur und Umweltgifte. Ohne
Eltern sind Adlerküken nicht überlebensfähig. Nicht
nur das Fliegen, auch die aufwändige Jagt bringen
Adlereltern ihren Jungen bei. Beim Flugtraining ist
ein langer Fall der Küken von hoch oben trotzdem
üblich, da die Eltern sie aus dem Nest werfen, um
zum Flügelschlag zu animieren. So hätte dieses Gedicht ohne menschlichen Antagonisten auch einen
anderen Ausgang finden können:

Jetzt ist es endlich Zeit zu fliegen,
Mama wirft's Küken aus dem Nest:
„Fliegen, ja, das wirst du lieben!
Schlag einfach mit den Flügeln fest."
Drei Mal klappt's nicht, Mama fängt
das Küken vor dem „Flatsch" noch auf.
Abgrund viermalig aufgezwängt,
nun stolzer Adler steigt hinauf.

Christine Teichmann

Die 1964 in Wien geborene Christine Teichmann ist vielseitig: Sie war Kellnerin, Tischlerin, Zirkusclown, Erntehelferin, Bauleiterin in Tschechien und Au-pair in den USA. Inzwischen ist sie als Slam Poetin, Kabarettistin und Schauspielerin im deutschsprachigen Raum bekannt. Dabei hat sie zahlreiche Siege davongetragen und Auszeichnungen erhalten. Unter anderem ist sie Gewinnerin des Dresdner Satirepreis 2023 und Reinheimer Satirelöwin 2021. Ihre Texte sind gesellschaftskritisch, politisch aktuell und voller schwarzem Humor. Christine Teichmann ist Teil von „Omas gegen Rechts" und „Artists for Future". Ihr ist selten langweilig.

Mehr unter: www.christine.teichmann.top

Boarding
Von Christine Teichmann

Ihr Flugticket, bitte. Na, wo soll es denn hingehen? In den Urlaub? Sie trauen sich was! Kurzstreckenflug darf es ja keiner mehr sein, also geht es gleich ein bisschen weiter weg – damit es sich auszahlt. Also muss ich, bitte, Ihren Reisepass auch anschauen. Ah, Deutscher/Österreicher. Von was wollen Sie denn Urlaub machen? Vom Stress, die hungernden Kinder in Afrika im Fernsehen anschauen zu müssen? Fliegen Sie lieber persönlich hin, da können Sie sich ja vielleicht eins mit nach Hause nehmen. Die sind ja putzig, solange sie noch klein sind. Und später, wenn sie dann nicht mehr diesen Babylook haben, kann man sie ja auf dem Autobahnparkplatz aussetzen. Ach so, Sie haben ja ein anderes Ziel…

Oje, da muss ich Ihnen leider sagen: Ihr Flug wurde gecancelt. Ja, das ist der Personalmangel, manchmal glaube ich, außer mir hat überhaupt niemand mehr Lust, am Flughafen zu arbeiten – oder überhaupt zu arbeiten. Ich weiß nicht, warum unplanbare Arbeitszeiten, schlechte Löhne und die Chance auf persönlichen Kontakt zu Menschen, die einen nicht nur anstecken, sondern auch körperlich attackieren können, nicht mehr so viele Leute reizt.

Wir hätten uns ja darauf gefreut, dass die Flüchtlinge aus der Ukraine aushelfen, aber die kehren lieber ins Kriegsgebiet zurück, als dass sie im unfreundlichsten Land der Welt in Sicherheit sind – und für unsere Sicherheit sorgen.

So, als Alternative kann ich Ihnen einen Flug über Budapest und Istanbul anbieten. Da hätten Sie den direkten Vergleich, wo man mit dem Demokratieabbau schon weiter ist. Ach so, Ihr Endziel ist ohnehin Doha, da verblasst das natürlich… aber die Fußball-Meisterschaft ist doch schon lange vorbei? Oder wollen Sie ohnehin nur die Stadien besichtigen, die da extra gebaut wurden?

Ja, die sind schon einen Besuch wert, immerhin wurden die klimaneutral errichtet! Also man hat Kompensationen für die CO_2-Bilanz des Baus geleistet, aber natürlich nur für die Dauer der Meisterschaft. Dass die da jetzt noch Jahrzehnte rumstehen, so ganz unkompensiert, quasi als leerstehende Mausoleen für die umgekommenen Bauarbeiter, das interessiert jetzt niemanden mehr.

Wussten Sie, dass die Deutschen aus Protest sich bei der WM vor Ort nicht nur den Mund zugehalten haben, sondern ihre Fan Base-Basis in Dubai aufgeschlagen haben? Ja, die sind dann einfach täglich hin und her geflogen, das hat denen in Katar so richtig gezeigt, dass einem nicht nur die Menschenrechte, sondern auch die eigene CO2-Bilanz so richtig… egal sind.

Gut, da muss man auch nicht heiliger als die eigenen Regierungen sein, wenn die sich da mittlerweile auf Shopping-Tour anstellen, und wenn man in der einen Hand den Öl- oder Flüssiggaskanister hält und mit der anderen die Geldbörse zückt, hat man keine Hand mehr frei, um eine Protestnote zu überreichen.

Ah, das betrifft Sie ohnehin nicht. Ach so, Sie leben schon klimaneutral, den Flug haben Sie schließlich auch kompensiert. Na, was haben Sie denn bezahlt? 12 Euro 40. Na ja, damit sind Sie ja gerade einmal mit dem Auto zum Flughafen gekommen. Ach so, Sie nicht, Sie fahren mittlerweile schon elektrisch.

Wussten Sie, dass Sie das nicht ausgestoßene CO2 an eine Agentur verkaufen können, die dann wiederum Zertifikate dafür an irgendwelche Dreckschleudern verkauft, also zum Beispiel an Sie für den Flug? Wenn Sie vorher lange genug mit dem Auto fahren, können Sie sich also quasi Ihren eigenen Flug kompensieren? CO2 wird dadurch natürlich keines eingespart, aber darum geht es beim Kompensieren ja auch gar nicht, sondern um den Wohlfühleffekt. Ganz viele Zertifikate sind auch nicht für Projekte, wo CO2 gebunden wird, sondern einfach für nicht ausgestoßenes CO2, weil man irgendetwas NICHT macht. Zum Beispiel einen Wald nicht abholzt. Bald werden Sie sich, wenn Sie im Gasthaus den Käferbohnensalat ausnahmsweise nicht bestellen, mit dem eingesparten Methangas Ihr zweites Bier finanzieren können. Na ja, eigentlich gibt es ja eine relativ einfache Berechnungsformel für Kompensationen und Sanktionen jedweder Art: Es zählt erst, wenn es wehtut.

Aber wir tun ja etwas! Haben Sie auch schon den Affen im Amazonas ein Fußballfeld Urwald gekauft? Ist doch nett. Ich denke, solange es noch genug Bloßfüßige gibt, von denen man den Fußabdruck quasi ohnehin nicht sieht, können wir hier in den G20 der Mutter Erde ruhig mit den Genagelten ins Gesicht steigen. Ich habe mir ja kurz einmal überlegt, dass es ja eher von uns, die wir so einigermaßen gebildet sind und ein gutes Einkommen haben, zu erwarten wäre, dass wir uns um die Umwelt und die Verteilungsgerechtigkeit kümmern, aber gerade jetzt, bei der Inflation, sollen das doch die Wanderarbeiter*innen in China und die Kindersoldaten in Afrika machen. Die haben da die persönliche Betroffenheit, das ist ein viel stärkerer Antrieb.

Entschuldigung, jetzt haben wir uns verplaudert. Ihr Flug ist soeben durchgesagt worden. Sie sind sogar namentlich aufgerufen worden. Ist schon ein bisschen peinlich, wenn man da im letzten

Moment doch noch einsteigt, und die liebevollen Blicke der anderen Passagiere erntet, und die wissen dann, wie man heißt und wo das Auto steht. Na, macht nichts, an das werden wir uns alle gewöhnen müssen, dass mit dem Finger auf uns gezeigt wird, und alle wissen, wer an der Misere schuld ist.

Also: Schönen Urlaub dann!

Motivationstalk in der Hölle
Von Christine Teichmann

Liebe Mitarbeiter*innen an der Abschaffung der Menschheit, ich darf Ihnen das Lob der Geschäftsleitung aussprechen. Das war ein guter Versuch, aber letztendlich können wir bis heute nur sieben Millionen Covid-Tote verbuchen. Und sogar das konnten wir nur mit Unterstützung der Tiroler Seilbahnlobby erreichen – vielleicht an dieser Stelle einen herzlichen Applaus ins Zillertal, ohne euch wäre das nicht so schnell gegangen – aber ich muss schon darauf aufmerksam machen: Da sind noch fast acht Milliarden dieser Menschheit übrig, und es werden täglich mehr.

Wir brauchen eine neue Strategie, eine bessere Strategie und da hilft nur eins: Wir dürfen das

Potential der Menschheit zur Selbstabschaffung nicht unterschätzen! Und darum darf ich Ihnen unser neues Projekt vorstellen, das uns in nächster Zeit bis zum erfolgreichen Abschluss beschäftigen wird: Mikroplastik!

„Was?", höre ich da einige unter Ihnen fragen. „Wir dachten, nachdem das 1,5 Grad Klimaziel fix nicht mehr erreicht wird, können wir uns schon zurücklehnen und gemütlich zuschauen, wie Waldbrände, Überschwemmungen, globale Fluchtbewegungen und Kriege ums Wasser die Arbeit schon für uns machen!"

Aber die Geschäftsleitung besteht darauf, dass wir mit anpacken, und da darf ich jetzt zu unserer Strategin aus der Marketingabteilung weitergeben, die Ihnen die nächsten Schritte erklären wird:

You're looking good, girl! Ich mag das, was du mit deinem Gesicht gemacht hast!

Zuerst die Grundierung – 71 Prozent der Make-up-Produkte enthalten Mikroplastik. Dann die Betonung der Lippen – von 100 untersuchten Lippenstiften enthalten 73 Mikroplastik. Und deine Augen: Wow! 90 Prozent des Augen-Make-ups enthält Mikroplastik. Was für ein Unterschied!

Wie haben wir es geschafft, normal intelligente Menschen davon zu überzeugen, sich Umweltgift ins Gesicht zu schmieren? Ja, sie sogar so weit zu bringen, dass sich drei Viertel der Frauen nicht ohne Schminke aus dem Haus trauen oder sich 50 Prozent nicht einmal der eigenen Familie ungeschminkt zeigen?

Ja, meine Lieben, das machen wir so:

Zuerst holen wir die Menschen dort ab, wo sie am unsichersten sind. Dem Selbstwertgefühl. Also ehrlich? Wer fühlt sich denn durchgehend selbstsicher, geschätzt und geliebt? Hm? Ja, schauen Sie, und da setzen wir an! Wir reden Ihnen ein, dass Sie nicht schön genug sind. Und das stimmt doch. Unreine Haut, Falten, Schlupflider… Schlupflider? Sie wissen nicht, was das ist? Ich auch nicht. Keine Ahnung, aber es ist offensichtlich ein Problem! Und wenn Sie einmal wissen, dass Sie welche haben, dann ist es auch Ihr Problem, aber die gute Nachricht: Sie können etwas dagegen tun!

Verfremden Sie Ihr Gesicht so lange, bis Sie einem ohnehin nie erreichbaren Idealbild nahekommen, sodass Sie aber Ihr echtes Aussehen als zu unattraktiv empfinden! Da hilft dann nur eines: permanent Make-up! Schadstoffe lassen sich schließlich auch unter die Haut tätowieren!

Fühlen Sie sich noch nicht besser? Das könnte natürlich an Ihrem Push-up-BH mit Plastikbügeln und Kunststoffeinlagen liegen, der Ihnen die Luft abschnürt, aber es könnte auch vielmehr daran liegen, dass Sie am falschen Platz sind. Gesundheit,

Spaß, Wellness-Feeling und vor allem Liebe gibt es zu Hause einfach nicht, also weg! Verreisen!

Am liebsten mit dem Flugzeug, kein anderes Verkehrsmittel hat einen derartig schädlichen Einfluss auf die Umwelt. Aber was wir brauchen, ist nicht nur Qualität, sondern auch Quantität. Autos!

Die Hälfte der Umweltschäden kommt vom Verkehr, das könnte die Menschheit aber mit einem beschleunigten Umstieg auf Elektroantrieb halbwegs in den Griff kriegen, aber was Mikroplastik betrifft, ist der Antrieb egal! Mehr als die Hälfte der Kontaminierung kommt von Reifen- und Fahrbahnabrieb! Und spätestens da haben wir endlich auch alle Männer mit an Bord!

Also alle Menschen für Mikroplastik? Nein, da bleibt noch ein Grüppchen übrig, die Wert auf unberührte Umwelt legen. Die vielleicht sogar mit der Bahn anreisen, um Wanderungen in unberührter Natur zu unternehmen!

„Wie sollen wir die kriegen?", fragen Sie, und hier ist Ihre Antwort: Outdoor-Bekleidung! Mikrofasern von Equipment sind in entlegensten Gebieten nachweisbar! Verbreitet von Umweltaktivist*innen und Naturschützer*innen!

Menschen nehmen freiwillig und ganz ohne Gegenmaßnahmen wöchentlich fünf Gramm Mikroplastik in ihre Körper auf. Die Felder werden durch den Eintrag immer unfruchtbarer, weil die

Regenwürmer nicht nur husten, sondern auch sterben, und da hilft die ganze Biolandwirtschaft nichts! Allein, was der Wind von Sportplätzen an Einstreu in Kunstrasen verträgt, ist beachtlich. Es ist nicht immer nur der Verkehr!

Und alles, alles wird in die Flüsse geschwemmt, ab in die Weltmeere, wo die Meerestiere nicht nur an Makroplastik ersticken und sich in Geisternetze verwickeln, sondern auch Mikroplastik, an dem sich noch dazu weitere Schadstoffe angelagert haben, in die Nahrungskette aufnehmen und am Schluss wieder auf den Tellern landen!

Liebe Mitarbeiter*innen an der Abschaffung der Menschheit, wir haben unser Ziel fast erreicht. In wenigen Jahrzehnten wird die Welt nicht mehr wiederzuerkennen sein.

Und das Beste ist: Die meisten Prozesse sind irreversibel! Mikroplastik verbleibt bis zu 2.000 Jahre in der Umwelt, es wird täglich mehr, und das Problembewusstsein steckt noch in den Kinderschuhen. Und das alles, alles, weil der Mensch nie gelernt hat, zwischen echten Bedürfnissen und solchen zu unterscheiden, die unsere Marketingabteilung auf dem Gewissen hat.

Obwohl…

Gewissen?

Hahaha!!!

(geht unter manischem Gelächter ab)

Emm Weyrauch

Emm Weyrauch ist neurodivergent, nicht-binär, politisch interessiert und seit 2014 auf Bühnen im deutschsprachigen Raum unterwegs. Auf die Poetry Slam-Bühne kam Emm durch den simplen Fakt, dass viele Menschen im Umfeld der Meinung waren, dass Emm unbedingt NICHT auf die Bühne gehört. Emms Dichtkunst bedient sich rhythmischer Sprache mit Stilmitteln, die direkt aus dem Deutschunterricht gestohlen sind, damit der nicht vergeblich war. Sozial und persönlich relevante Themen werden mit Pathos behandelt, aber auch mit der Albernheit einer Person, deren erwachsenster Akt wohl die Steuererklärung ist.

Mehr unter: @emmweyrauch auf Instagram

Von Baum und Borke
Von Emm Weyrauch

Prolog

Liebe Wesen, schaut nach oben,
denn dort kommt ganz ungelogen angeflogen:
ein Samen, der fällt auf fruchtbaren Boden.

Hauptteil

Riechend, kriechend stoßen
meine schlanken Ranken
durch den Boden.
Blättlein knospet hocherhoben,
erfährt ungezählter Wonnenzahl,
den allerersten Sonnenstrahl!

Ich starte ohne viel Gewese
sofort meine Photosynthese
und beginne bar der Faxen
mit dem Wachsen.

Meine Wurzeln, die den Forst durchdringen,
sich um Stein und Stöcklein schlingen,
verbinden sich so wirklich nett
mit anderen Bäumen zum Wald Wide Web!

Die Verbindung reicht sehr tief,
weiß, wo das Füchslein schlief

und was die Nachtigalle rief,
wenn auch manchmal etwas schief.

Aus Sprösslein wurd' des Samen stiller Traum:
Ein ausgewachsener großer Baum,
an dem sich auch die Spechte laben,
da echte Bäume Ringe haben!
Was wird diese Zeit von mir vermisst,
täglich von der Sonn' geküsst,
auch wenn mal ein Füchslein an mich pisst,
alles ruhig und selten Zwist.

Doch zwischen alten Eichenbäumen,
die noch halb und schleichend träumen,
tritt eines schönen Tages
ein kaum behaarter Affe.
Aufgeregt das Laub knisternd flüsternd,
lauschte ich seinem stolpernd' Schritt,
erst noch etwas nüchtern-schüchtern,
dann mit einem festen Tritt,
reißt er ein frisches Ästlein mit sich mit.

Au!
Schmerz und Schock zwang Harz einzuschießen,
den offenen Bruch sanft zu umfließen.
Durch das Waldweitewurzelwerk,
erfasst ich trotz des üblen Schmerz,
wie der unbehaarte Affe
fleißig werkelt, dass er schaffe,
einen Haufen toter Äste.

Mit Steine schlagender Geste,
da ein Funken und ein Knistern,
dunkle schwarze Wolken
umhüllen toll und lüstern
das Blattwerk und den ganzen Wald,
übrig bleibt Asche, fahl und kalt.

Dies war nicht das letzte Mal,
in immer größerer Zahl
brechen sie uns Äste ab,
eins und zwei und Zack-zack-zack,
mir wachsen kaum zwölf Jahresringe
bevor es ihnen dann gelinge:
Es erschüttert meine ganze Welt,
eine Eiche neben mir, die fällt.
Nicht durch Wind, nicht durch Wetter,
nur durch diese Affen wart zerschmettert,
der stolze Leib aus Jahresringen.

Jetzt beginnt das große Hacken,
Äxte, Sägen mit den Zacken,
machen Löcher, Schrammen, Macken,
erzeugen ungezählte Eichenleichen,
doch nicht nur diese müssen weichen.
Buchen, Linden, Weiden,
müssen diesen Affen weichen,
die, als würde Mord nicht reichen,
aus meiner Freunde Eingeweide
bauen sich eine eigene Bleibe.

Doch nicht nur eine,
der Affe bleibt nicht gern alleine,
rodet Lichtungen samt Weide
für die von Leichen stammende Heime.
Dutzend, hundert-, tausendfach,
wie ein Feuer so entfacht,
ist ihr Tötungszwang erwacht.

Dann spüre ich erst brennend, dann ganz kalt
etwas, der Affe nennt es „Asphalt“,
dadurch beflügelt ohne Halt,
werden neue Berge hingeknallt,
die über meinen Wipfeln gipfeln,
wo ihre harten Spitzen sitzen.
Und in jedem dieser Hünen
lässt der Affe es nun glühen,
knisternd, knackend sprühen Funken
durch das Dunkel,
die des Waldes Nacht zum Tage drehen,
sodass Tiere die Zeit nicht mehr verstehen.

Aber des Affen Massen passen
nicht alle in die Berge,
so wieder frisch ans Werke,
neue Monolithen hochgezogen,
bis in den Himmel oben
und so völlig ungelogen
mehr Affen dort hineingeschoben.
Um die Mengen zu verstehen:
Man kann vor Affen den Berg kaum sehen.

Die Tage werden immer heißer,
auch die Affen schreien sich heiser,
denn auch wenn sie früher manchmal leiser,
brüllen sie nun ständig, diese Scheißer.
Kakofonisch, elektronisch,
immer nervig und nie komisch,
steigert sich der Affenchor,
zieht das hektisch Schaffen vor,
doch auf einmal ist es still.

Ich kann keinen Affen hören,
nichts der Welten Ruhe stören.
Sie scheinen fort, nur noch Winde, die wehen,
ich hab' seit diesem Tag sie nie wieder gesehen.
So war, obwohl sie uns fast tot geschunden,
der Affe sehr rasch dann auch verschwunden.
So konnten wir dann ohne Faxen
endlich in Ruhe weiterwachsen.

Epilog

Sie lasen das Gedicht
„Die kurze Epoche der nackten Affen"
aus dem Hauptwerk des ersten denkenden Baumes
Eichelmedis: „Von Baum und Borke".
Vielen Dank für Ihre Aufmerksamkeit.
Wachsen Sie weise!

Theresa Sperling

Theresa Sperling (*1971 in Berlin) war früher Tänzerin, heute lebt sie in der Grafschaft Bentheim, wo sie an einem Dorfgymnasium die Fächer Deutsch, Englisch und Darstellendes Spiel unterrichtet. Nebenberuflich schreibt sie Theaterstücke und ist seit 2015 jedes Jahr Finalistin der niedersächsisch-bremischen Meisterschaften im Poetry Slam, die sie 2023 im Einzel- und Teamwettbewerb gewann. 2020 siegte sie bei den deutschsprachigen Meisterschaften im Teamwettbewerb, 2023 wurde sie Solomeisterin. 2024 erschien ihre Textsammlung „SEZIERUNG" mit 33 Texten aus 2014-2024 beim Dichterwettstreit deluxe Verlag.

Mehr unter: www.theresa-sperling.de

Argumentationsstrangulation
Von Theresa Sperling

Vorwort:

Seit dem Beginn der Fridays for Future-Bewegung rollt in den sozialen Netzwerken eine Lawine der Häme über unsere engagierten und idealistischen Jugendlichen hinweg. Sie werden auf Schule schwänzende, mit Plastikmüll um sich werfende Fastfoodjunkies reduziert, die sich von einem autistischen Gartenzwerg mit Zöpfen anführen lassen. Es sind, wie ich festgestellt habe, vier Gruppen von Leuten, die dies offensichtlich bitter nötig haben:

1. Kapitalist*innen, die Angst haben, dass ihnen eine säuberlich gezüchtete Marktgruppe wegfällt.

2. Die überzeugten Konsument*innen, die Angst haben, dass die Jugendlichen tatsächlich etwas bewirken könnten und wir uns alle ein wenig einschränken müssen.

3. Die Rechten, die ja ohnehin der Meinung sind, Klimawandel sei nicht menschengemacht.

4. Nachkriegskinder, die uns nun vorhalten, „damals" noch jede einzelne Socke gestopft und das Wasser aus dem Brunnen geholt zu haben. Und das – bei allem Respekt und allem Mitgefühl – war kein Umweltbewusstsein, sondern Armut.

Ich habe einige an Hetze, Heuchelei und Absurdität kaum zu überbietenden Argumente aus dem Netz im folgenden Text mal zusammengestellt:

Wir haben sie erbaut,
all die pompösen Fastfoodketten,
als Mahnmal für die Adipösen,
mit überzeugenden Konzepten!
Jede Mahlzeit ist ein Schmaus
aus Ersatzstoffen und Fetten,
jeder Kaffee kommt im Plastikbecher,
der Salat genetisch aufgebessert,
jede Fritte pestizidgetränkt,
neben der Ammoniak-Boulette,
die man heute Rindfleisch nennt.
Und mit unbezahlten Überstunden
für das gesamte Personal,
zeigen wir: Hier wird geschunden
für das verdammte Kapital.
Und unsere Jugend, ja, was macht die?
Die geht hin und kauft den Fraß.
Nur weil wir den Fraß bereitstellen,
heißt das nicht, dass man das darf.

Wir haben keinen Junk gegessen,
damals als wir Kinder waren.
Wir aßen ständig vegetarisch,
bis auf die Sonntagssuppenmaden.
Und nur einmal in der Woche
durften alle Kinder baden.
Na, das war eine braune Brühe,
wenn die letzten fertig war'n.
Davon träumt der Nazi heut' noch
in der U-Bahn nach Marzahn.

Jedes Sockenloch wurde gestopft,
jeder Knopf neu angenäht,
jedem Wachs ein neuer Docht,
jeder Furz nochmal gebläht.
Wir haben alles repariert,
jeden Bombensplitter bandagiert,
wir sind doch nicht zum Arzt marschiert,
sondern nach Russland invadiert.
Müll? Haben *wir* nie produziert:
Wir haben Trümmerfrauen engagiert,
die haben den Bauschutt aufpoliert.
Du Zwerg mit deiner Jutetasche,
der du es dir wohl *nie* beibringst,
die höchste Form des *Recyclings*
sind Häuser nur aus Schutt und Asche.

Und Kinderarbeit ist gar grausam,
och, sie ist uns so verhasst,
doch was tun, wenn kein Erwachsener
in den Minenschacht reinpasst?
Wir schicken Kinder in die Minen,
um frischen Kobalt uns zu schürfen,
obwohl wir Kinder wirklich lieben,
auch die, die nicht zur Schule dürfen.
Sie dürfen höheren Zielen dienen,
wie unsre Kinder zu erziehen.

„Sag mal, Kindchen, willst du als Au-pair in die
Kongo-Kobalt-Mine oder räumst du dein Geschirr
jetzt einfach in die Spülmaschine?“

So kriecht dir noch der letzte adipöse Fortnite-
Spieler mit dem Teller in die Küche.
Aber da steh' ich schon
mit seinem Smartphone!
Hast du denn gar kein heart, mein Sohn?
Du weißt, dass dafür Kinder sterben.
Dann kauf doch nicht, was wir bewerben!

Und jetzt kommt der Klima-Gipfel:
Siehst du der Bäume wankend Wipfel?
Siehst du des Himmels blaue Zier?
Seit Jahrhunderten versuchen wir,
uns in die Lüfte zu erheben,
und was haben wir gegeben?
Ganz viel Blech und Menschenleben!
Für Bumsbomber nach Asien
und die SS-Kampfmaschinen,
all die Charter-Linienflüge
eröffneten uns Paradiese!
Und was machen unsre Blagen,
wenn wir den nächsten Urlaub planen,
den Traumurlaub all inclusive?
Die fliegen mit!
Die scheißen einfach auf die ganzen Kerosine!
Um andre Länder kenn'n zu lernen?
Amerika? *Dit ham wa* gern,
hätten *die* uns nicht besiegt,
dann wäre Deutschland über alles,
dann gäb's auch keinen Klimawandel,
denn Klima wandelt nicht, das lügt.

Und Greta, die Autismus-Bitch?
Malt ein Plakat, schwänzt Unterricht,
Amerika per Segeltrip,
ihre Eltern, die bereichern sich.
Und was machen *unsre* Kids?
Die gehen freitags auf den Marktplatz
und schreien was von Klimawandel.
Ja, wenn du unser Zeug nicht magst, Schatz,
na, was wird dann aus dem Handel?

Hört endlich auf, zu demonstrieren,
kauft einfach, was wir produzieren,
denn wir stopfen euch das Maul
und wir bleiben ignorant.
Wir stopfen Socken, unsre Taschen,
und den Arsch der Weihnachtsgans
mit einem Plastikapfel nur für euch.
Stopfen alles, was noch kreucht und fleucht.
Wir stopfen sogar das Ozonloch,
die Trockenheit, die alte Tussi,
mit der ihr hier die Massen scheucht.
Just grab the Erde by her pussy,
dann wird sie ganz schnell wieder feucht.

Niemand stopft euch das Ozonloch,
und niemand stoppt das Treibhausgas.
Wir sind vor Langem schon gescheitert,
wir werden sterben, ihr lebt weiter.
Nehmt euch gerne jeden Freitag,
hört nie auf die, die denunzieren,

hört niemals auf zu demonstrieren,
bis die, die dafür Geld kassieren,
endlich die Lösung präsentieren.
Beginnt zu forschen, zu probieren,
kauft nicht mehr, was wir produzieren,
und ja, beginnt, zu reparieren.
Denn der wahre Luxus eurer Zeit,
ist nicht Konsum im Überfluss
sondern der Konsumverzicht,
es ist die Freiheit, zu entscheiden,
das meiste einfach nicht zu brauchen,
obwohl es alles für uns gibt.

Anmerkung der Autorin: Diesen Text habe ich aus Wut über die Ignoranz, Arroganz und Dummheit der Menschen geschrieben, die sich in den sozialen Medien tummeln und erstaunlich viel Zeit und Energie dafür aufwenden, junge Menschen mit hohen Zielen zu desillusionieren. Schreiben ist ein grandioser Katalysator von Wut und auf Bühnen dürfen wir so schön unbeherrscht sein. Es macht deshalb großen Spaß, diesen Text zu performen und er kommt sehr gut an. Allerdings beim erwachsenen Publikum, Jugendliche sind von dem Thema eher genervt. Die Fridays for Future-Bewegung ist groß, meiner Meinung nach zurecht laut und wichtig, aber ihre Anhänger*innen sind verhältnismäßig gesehen leider eine Minderheit, deren Durchhaltevermögen ich umso mehr bewundere.

Bonusgedichte: Ente & Schweinchen
Von Elias Raatz

Die Ente fühlte sich allein,
sie war gar ganz verloren.
Drum ging sie in den Park hinein
und fütterte Senioren.

Anmerkung: Das Füttern von Wasservögeln schadet den Tieren massiv. Intensive Fütterung gefährdet sogar die gesamte Gewässerqualität.

Ich kannte mal ein Schweinchen,
das hatte vierzehn Beinchen,
war froh, war süß, und wusste nicht,
was eigentlich anders mit ihm ist.

Selbst sagt es zu sich „Superheld",
die andern hielten's für entstellt,
nur weil sein Hof lag auf dem Weg
wo der Tschernobyl-Reaktor steht.

Anmerkung: Die Nuklearkatastrophe sorgte für einige Anomalien und Mutationen bei Fischen, Amphibien und Säugetieren. Jedoch haben sich die Tierbestände im Sperrgebiet gut erholt und sind verhältnismäßig stabil. Die weitaus größere Bedrohung für Wildtiere ist eindeutig der Mensch. Stoppen wir die Zerstörung des Lebensraums, erholen sich die Bestände – sogar trotz Reaktorunglück.

Paula Dorten

Mit sechs Jahren schrieb Paula Dorten ihr erstes Buch, welches eine anspruchsvolle Interpretation deutscher Rechtschreibung und Grammatik darstellte. Seitdem hat sie nicht mehr mit dem Schreiben aufgehört: Ob Lyrik, Prosa, Blogbeitrag, Zeitungsartikel, Hörspiel oder Poetry Slam, mit einigen ihrer Werke hat sie sogar Auszeichnungen eingeheimst. Als Paula mit 16 gemeinsam mit Klimaexperte Marcus Wadsak ihr erstes Buch schrieb, war sie in Sachen Rechtschreibung und Grammatik deutlich bewanderter. In vielen ihrer Texte geht es um Zukunft und Aktivismus, denn um das Politisch-Sein kommt man aktuell nicht herum.

Mehr unter: @pauladorten auf Instagram

Das Leben eines Bobokindes
Von Paula Dorten

Mit 18 Jahren war es höchste Eisenbahn, eine Autobiografie zu schreiben. Weiter gibt es nichts zu sagen – sie spricht für sich.

Ich bin drei Jahre alt
Und steck' in Stramplern
Aus zweiter Hand
In der Krabbelstube gibt's
Knäckebrot und Hirsebällchen
Zur Nachspeise Rosinen
Doch die müssen wir
Uns erst verdienen
Das geht so:
Pinke-Pank, der Schmied ist krank!
Wo soll er wohnen? Unten oder oben?
Gut geraten! Da ist der Braten!

Ich bin fünf Jahre alt
Und im Montessori-Kindergarten
Gibt's Holzspielzeug
Und viel Natur
Ich bin am Staunen
Wenn's bei Freundinnen
Weiße Nudeln gibt
Und keine braunen

Ich bin 8 Jahre alt
Und die anderen haben KnabberNossi als Jause
Ich knabber' Nussi in der Pause
Statt Kartoffel- gibt's bei uns Rote-Rüben-Chips
Die anderen sagen
Mein Geburtstagskuchen
schmeckt nach Kornspitz

Ich bin zehn Jahre alt
Und glaub', nur die Natur
Kann mich verstehen
Ich bin Großstadthasserin
Nenn mich Wildfang
Ich bin Pferdekind
Ich bin Mika
Ich bin Ostwind

Ich bin 13 Jahre alt
Und wir sind auf Familienausflug
Hoch! Die! Internationale!
Ich versink' im Demozug
Und vor Scham
Weil meine Eltern am lautesten schreien
Mir ist das alles so peinlich
Und heimlich wünsch' ich manchmal
Meine Familie wäre normal
Und ich hätte KnabberNossi als Jause
Statt Nussi zum Knabbern in der Pause
Kartoffel- statt Rote-Rüben-Chips
Süßen Schokokuchen statt Vollkornspitz

Doch dann ist Frühjahr 2020
Ich trag' zum ersten Mal
Wimperntusche und Scrunchies
Aber putz' die Zähne nur mit Bambus
Fahr statt Auto nur noch Bahn und Bus
Mein Sackerl ist aus Stoff und niemals Plastik
Ich hoff's zwar, aber all das macht nix
Ich seh' Flammen an den Wäldern nagen
Erdgruben wachsen
Wo einmal Seen waren
Seh' Bilder von Menschenleben
Die mehr als tausend Worte sagen

Doch dann hör' ich
Fußsohlen Melodien trommeln
In den schmelzenden Asphalt
Mein erstes Mal Fridays for Future
Ich trau mich, wie meine Eltern laut zu schreien
Mit Streikschild finde ich mich cuter
Herzen ausgelassen
Herzen in Massen
Wie sich Schilder gen Himmel neigen
Justice! Nicht länger schweigen

Ich bin 16 Jahre alt
Lern' die Welt zu verstehen
In verrauchten WG-Zimmern
Hängen Tibet-Fahnen und Plakate
Wenn die Tschickstummel langsam ausglühen
Stellt man sich die Klassenfrage

Lesen Marx auf den MacBooks
Auf den Beinen bunte Tattoos
Philosophieren über Herr- und Knechtschaft
Verhältnisse und Produktivkraft
Für Flipflops zu gut
Tragen Birkenstock am Foot
Das Manifest in Freitagtaschen
Im Herzen Engels Zitate
Enjoyen die Sips an Mio Mio-Flaschen
Statt Club-Mate
Singen laut die Internationale
Und knabbern Nussi
Verabscheuen Neoliberale
Und KnabberNossi

Diskutieren über Proletariat und Bourgeoisie
Profit und Mehrwerttheorie
Historischen Materialismus
Predigen Intersektionalität und Antirassismus
Und während ich die Papes
Von der Wuzzeltschick lick'
Die ich gar nicht rauch'
Und stolz erzähl, dass meine Uroma schon
Sozibücher vor den Nazis versteckte
Passiert's, dass ich mich am Mio Mio verschlucke

Ich bin 18 Jahre alt
Und politisch engagiert
Rede von Klassenkampf und Revolution
Climate Justice und Systemwandel

Wir sagen: Diversität! Inklusion!
Doch ich geh mit denselben Leuten demonstrieren
Die in der Krabbelstube auch
Knäckebrot und Rosinen
Sich an Hirsebällchen bedienten
Im Montessori-Kindergarten
Mit Holzklötzen spielten
Und heute Geisteswissenschaften studieren
Wir sagen: Diversität! Inklusion!
Doch egal ob Fridays for Future,
Letzte Generation oder im Lesekreis
Sind wir alle immer noch ziemlich weiß
Und akademisch,
Exklusiv und überhaupt viel zu wenig

Während wir lieber
Student*innen statt
Studentenfutter snacken
Wegen den extra Ananas und Kokosstücken
Und dem Gendern
Bleiben unsere Kreise bedenklich unverändert
Der Protest für viele unzugänglich
In seiner Sprache, in seiner Präsenz
In seinem Denken, in seiner Existenz
Solange bleibt Diversität nur woke line
In diesem reflektierten Poetry Slam
Inklusion nur Phrase
Und eine bessere Welt
Theoretische Diskussion
Einer Bobokinder-Blase

Sören Pischki

Sören Pischki kam 1986 in Dessau zur Welt, wo er schon zu Schulzeiten in Rap- und Rockbands selbstverfasste Texte zum Besten gab. Der studierte Maschinenbauingenieur arbeitete zunächst als Konstruktionsingenieur bei Bosch, bevor er mit seiner Familie nach Thailand zog, um dort vier Jahre lang ein Designteam zu leiten. Nach der Geburt seiner zweiten Tochter kehrte die Familie zurück nach Deutschland. Neben der Arbeit schreibt Sören Pischki humoristische Alltagsgedichte und -texte, malt Acrylgemälde und veröffentlicht sie regelmäßig auf seinen Social Media-Seiten, wo über die Jahre eine kleine Fangemeinde entstanden ist.

Mehr unter: Sören Pischki auf Facebook/Insta

Zwei Gedichte
Von Sören Pischki

Heute sprach das Meer zu mir

Ich paddelte heut' auf dem Meer,
vom Gegenwind gehemmt.
Das Meer, das rief mir hinterher.
Die Sprache schien mir fremd.

Die Wellen warfen eine Schar
aus Müll in rauen Mengen
auf mich. Am Paddel blieb nun gar
ein Plastikbeutel hängen.

„Ist's das, was du, mein wertes Meer,
mir sagen wolltest? Sprich!
Der Abfall, der bekommt dir schwer?
Ja, dann befrei' ich dich!"

So nahm ich diese Plastiktüte
und sammelte wie wild
die Dosen, Schuhe, Flaschen, Hüte.
Der Sack war schnell gefüllt.

Ich streckte mich, war zu erpicht.
Ich stand auf einem Bein.
Verlor dabei das Gleichgewicht,
fiel mit dem Müll hinein.

Im Fall'n begriff ich, dass mein Tun
für mich gefährlich war.
Doch sich noch weiter auszuruh'n
birgt größere Gefahr.

„Ist's das, was du, mein wertes Meer,
mir sagen wolltest? Sprich!"
Ich fing von vorne an und der
Verstand erhellte sich.

Ich sammelte in Windeseile
und fing dann an zu lauschen.
Erkannte plötzlich jede Zeile
vom klaren Meeresrauschen:

„Mein Freund, sei nicht mit Mensch und Tier
alleine nur empathisch.
Sonst endest du und alles hier
am Ende hochdramatisch."

Das Wandern ist des Mülls Lust

Ein Fisch schwimmt durch sein Meer
aus leerem PET.
Die Katze klebt am Teer.
Mit Kabeln spielt das Reh.

Hier wohnt der Siebenschläfer
in einer Cola-Dose.
Dort leben tausend Käfer
in einer alten Hose.

Der Hase deckt sich zu
mit einer Plastiktüte.
Der Vogel legt im Schuh
die Eier: Schrott behüte!

Der Mensch kann kaum mehr treten.
Der Abfall quillt und quillt.
Doch hat er den Planeten
alleine zugemüllt.

Ja, scheitert er nun kläglich,
die Umwelt zu erhalten?
Ein jeder kann alltäglich
hier seine Welt gestalten.

Sarah Garstenstein

Sarah Garstenstein hat Skandinavistik, Anglistik und Biologie studiert. Seit 2018 erkennt man die Slam Poetin auf der Bühne meist an bunten Bändern im langen Haar, farbenfrohen Leggings und doppelseitig bedruckten Textblättern in kleinstmöglicher Schriftgröße, um Papier zu sparen. Geschickt bewegt sie sich zwischen mal nachdenklicher, mal lustiger Prosa und wortverspielter Lyrik zu Umweltthemen. Sie bringt den Fun in Fauna und gewinnt Gold bei den olympischen Wortspielen.

Eigentlich möchte die ostseeliebende Kielerin nur die (Um)Welt retten und Liebe spreaden. Ihre Zweckreime dienen dabei einzig dem Naturschutz.

Mehr unter: @sarah.garstenstein auf Instagram

Beeware, Sabiene!
Von Sarah Garstenstein

Wusstest du, dass es weltweit schätzungsweise zwischen 20.000 und 30.000 Wildbienenarten gibt, zu denen auch flauschige Hummeln gehören? Dass die wenigsten Wildbienen richtig stechen können und keine einzige von ihnen Honig herstellt? Keine Sorge, ich weiß das nur, weil ich Beelogie studiere!

Ich möchte dir die Geschichte einer ganz besonderen Biene, einer Roten Mauerbiene, erzählen:

„Und diiieseee Biiieneee,
die ich meine,
heißt Sabiiieneee,
kleine, freche, schlaueee
Sabiiieneee…"

Mit gutem Landschaftsgedächtnis
und 'nem Rüssel
ist sie ein Elefant der Lüfte.
Als alleinerziehende Mutter
besorgt sie das Futter.

Sabiene will Blütenstaub
abstauben, Nektar saugen,
doch sieht mit ihren zwölftausend Miniaugen
nur Facetten geköpfter Blüten
auf einheitsgrünen Wiesen liegen.

Wie eine Zombee in 'nem Horror-Bee-Movie:
Endlose Langstreckenflüge,
karge Straßenzüge,
kein Pollenproteinriegel im Sonderangebot,
akute Nistplatzwohnungsnot.

Bis Sabiene bezauberndem Blumenduft folgend,
ein inselartiges Naturschutzgebiet anfliegt,
das – wie das unbeugsame Gallier-Dorf –
von befestigten Städten umzingelt liegt.

Kaum an prächtiger Blütentracht genascht,
hat Pollenstaub Sabienes Verstand geraubt.
Vom Winde verweht wurd' aus Saatgut
SAATBÖSE!

Das geht ihr tierisch auf die Nerven:
Sie fliegt high auf Pestiziden,
Glyphosat und Neonicotinoiden
wie Dori im imaginären Blütenmeer:
„Einfach summen, einfach summen,
einfach summen, summen, summen…"

Selbst durch wolkenverhangenen Himmel,
schien für sie stets die Sonne.
Nun ist ihr Sonnenkompass defekt,
Pestizismus zieht sie runter;
sie hat ausgecheckt, ist auf'm Heimweg
zum Nest falsch abgeflogen!

„Mayday! Mayday!“
Verzweifelt-flügelflatternd
gerät sie ins Trudeln…
Eben noch Blüten bestäubt,
liegt Sabiene betäubt
in ’nem Apfelstrudel:
Bienenbruchlandung.

Da rast Gutemine,
eine soziale Honighelferbiene,
mit Höchstgeschwindigkeit heran,
flößt ihr aus einer Schüssel
Zuckerwasser in den Rüssel;
rettet sie mit ’nem geschmierten Bienenbrot
vor dem sich’ren Tod.

Ein rötlich schwarzes Haarkleid
trägt Sabiene auf ihren Hummelhüften,
vier schillernde Flügel,
engelsgleich auf ihrem Rücken.

„Hej honey, you’re bee-autiful!“,
schwärmt Gutemine.
„Need a place to bee?“
Wer nicht bee-lingual ist:
Sie findet Sabiene gestochen scharf
und lädt sie ein in ihr Hexagon-Hochhaus.

Dort müssen sie sechs Stockwerke rauf,
durch Wabenwinkelgassen und Honighallen.

Ein Zuckerwatteduft von Nektar in der Luft,
geschäftiges Bienensummen wie Katzenschnurren.

Als sie um eine Ecke fliegen,
hört Sabiene die fleißigen Bienchen klagen:
„Wir haben Bienenburnout
und Bauchweh im Honigmagen.
Der Mensch ist bestechlich.
My time is honey,
it's all about the money, money, money…
Doch man ey, man ey,
trotz Arbeitsunflügigkeitsbescheinigung
und Schwebefliegen als Leiharbeiter,
geht's so einfach nich' mehr weiter!"

Sabiene erzählt, was sie alles quält,
und ruft unverblümt:
„Es gibt Action, Drama und Comedy,
also was sagt ihr, Honeys und Nannys?
Streikt ihr mit mir für
bessere Umweltbedingungen?"

Das bringt das Honigfass endgültig
zum Überlaufen, ihr Tanzen
gerät ins Stocken.
Demokratisch entschieden,
solidarisieren sich
Honighüter mit Wildbienen.
Denn Wildbienen sind lobbylos
ohne Honigmonopol.

Und Honig ist bekanntlich
dicker als Wasser!

Die aufgestachelten Bienen
müssen sich erstmal sammeln:
Die putzige Biene Maja
und ihr nerviger Nebencharakter Willi streiken,
angeführt von Mats Hummels
in seinem gelb-schwarzen Trikot.

Hinterher läuft Puh der Bär,
isst keinen Tropfen Honig mehr
und weigert sich so schöne Sachen zu sagen wie:
„Manchmal nehmen die kleinsten Dinge
den meisten Platz in deinem Herzen ein.“

Auch Omas gegen rechts
lassen die Bienen nich' im Stich,
da sie sonst keinen Apfelkuchen
mehr backen könn'.

Die Bee Gees, Beeatles
und Beeach Boys musizieren
zu einem Rhythmus,
bei dem jeder mit muss.

Man hört landaus, landein
Bienen beim Protestieren
gemeinsam skandieren:

„Beeware, für mehr Flower-Power!
Beeware, für florierende Wirtschaft!"
„Mähtermine bestimmt die Biene!"
„Partnerportal für die Blumenwahl",
ruft 'ne einzelne Solitärbiene.

Ein paar Drohnen starten
'nen Angriff auf 'nen Schottergarten
nebst englischem Zierrasen,
der als moderne Kunst
die Landschaft verhunzt.

Ihr wollt gesund und abwechslungsreich essen?
Könnt ihr ohne Biene vergessen!
Auch wird ohne Bienchen und Blümchen
das kindgerechte Erklären von Sex
…äußerst komplex!

Also bevor sich das letzte Benjamin Blümchen
vom Acker macht
beschließt die Menschheit endlich,
den Bienen unter die Flügel zu greifen,
Sonnenhut und Glücksklee zu pflanzen,
sich hinter blühenden Hecken
statt Stacheldrahtzäunen zu verschanzen.

Mark Forster lässt Konfetti
für sie regnen mit Wildblumensaat.
Wollt auch ihr Samenspender sein?

Dann wird aus Mordor das Auenland,
ein Bienenbullerbü,
aus Mosaiklandschaften
in Hundertwasserfarben.

Auf der Mauer, auf der Lauer,
sitzt siegreich unser Mauerbienchen
neben einem Mauerblümchen
und strahlt wie ein Honigkuchenpferd:
„Vielen Dank für die Blumen,
vielen Dank, wie lieb von euch", summt Sabiene.

Tagsüber tanzt sie mit Gutemine
voll fett Ballett im Duett auf dem Parkett
des neuen Hartholzhotels „Bee-well-soon".
Des Nachts, wenn sie sich
in Glockenblumen wärmen, wisst ihr,
dass sie füreinander schwärmen,
da sie bee-sexuell sind.

So leben sie glücklich bis an ihr Lebensende,
also bis zum nächsten Wochenende!

Was auch immer die Autorin
durch die Schlüsselblume sagen will…
Auf alle Fälle:
Don't bee such a buzzkill
Bee kind and everything will bee okay!

Bonnie der Bonsai im Blätterkleid
Von Sarah Garstenstein

Oder: Eine Bäumin, die künstlich kleingehalten ten ein Bäumchen bleibt.

Wenn ich mir unsere Welt so anschaue, wünschte ich mir, diese Geschichte wäre wahr. Und vielleicht ist sie's ja auch… Was auf alle Fälle wahr ist: Egal wie klein du dich auch manchmal fühlen magst, du kannst eine Menge bewirken! Just beleaf!

Beim Kieferorthopäden,
plätscherndes Aquarium
und plärrende Kinder,
ständiges Geflimmer
eines Flachbildfernsehers
im blütenweißen Wartezimmer.
Dort auf der Fensterbank
räkelt sich voll Wonne
ein lichthungriges Kieferngewächs
in aufgehender Morgensonne:
Bonnie, der Bonsai im Blumentopf,
samt bodenlangem Blätterkleid
und weihnachtsgrünem Wuschelkopf.
Als bodenständige Typin hat sie
so manchen Flachwurzlerwitz gemacht
und sich mit ihrem sonnigen Gemüt
'nen Ast abgelacht:
„Was ist ein jugendlicher Baum? Ein Treenager!"

Der Kinderstubenkeimling wird langsam
„erwachsen" mit 118 Jahren.
Doch um platzsparend Bonnies
„Größe" zu wahren,
werden nicht nur
Kieferfehlstellungen korrigiert,
auch die kleine Konifere
wird mit sausender Schere
rigide rasiert.
Auf Linealgröße runterfrisiert
kriegt sie krass Komplexe,
neben ihren hochgewachs'nen Helden,
der peitschenden Weide und Groot.

So starrt Bonnie grade wieder
mit glänzend grünem Blick auf
Baumbart den Baumhirten.
Das flechtenbärtige Laubwesen
stapft mit hölzernen Schritten
durchs Fernsehbild,
vom Typ ist der Ober-Ent
extremst gechillt.
Zwei Hobbits auf den Schultern,
hat er 'ne tragende Rolle
in „Herr der Ringe" gekriegt,
als er sieht, wie ein ries'ges Waldgebiet
brennend brechend gerodet ward,
da niemandem sein Wald am Herzen lag.

Die Bäume, seine Freunde,
vom Keimling an gekannt,
verflucht er so viel fehlenden Verstand.
Ruft mit wütend widerhall'nder Stimme
eines Holzblasinstruments:
„Zum letzten Marsch der Bäume und Ents!"
Zerstör'n Festung und Fabriken,
um 'nen Zaubrer zu besiegen
und die letzten Urwälder Mittelerdes
zu renaturieren.

Plötzlich, von Kinderhand
der Fernsehsender umgestellt,
verschwindet die „Herr der Ringe"-Welt.
Es öffnet sich der Blätterbaldachin
von Amazonien
während lavendelblauer Regen
aus Wolkendecken bricht.
Tropft auf Kronenköpfe
hervorragender Urwaldriesen,
meterhoch thronend über
immergrün wogendem Meer.

Schlangen-Lametta-Lianen
schlängeln sich 300 Meter lang
von Blatt zu Blatt,
mit dem Regen
sechs Stockwerke tief herab.
Vorbei an regenbogenfarb'nen Blumen,
auf knorrigen Schultern ruhend.

Zur topfpflanzhohen Schicht,
in der Philodendren dicht an dicht
mit Humusdecken bedeckt schlafen.

Bonnies Stammbaum weit verzweigt,
macht sich Freude in ihr breit,
und sie neigt die Zweige näher,
zum Flachbildfernseher.
Da brechen, statt Sonnenstrahlen,
Holzfällertrupps durchs Unterholz.
Krachend, schlagen Äxte nieder,
wieder und wieder.

Bonnie wird birkenbleich:
„Ein Horror-Splatter-Film
übers Bäume killen!“
Holzfäller Karl betreibt Kahlschlag
an tausend Jahre
träumenden Mammutbäumen,
um aus ihnen Kleinholz zu machen,
sie in Mikadostäbchenstapeln
aus dem Weg zu räumen.

Pro Minute
30 Fußballfelder Regenwälder
enden im Tank, auf dem Teller,
in den eigenen vier Wänden.
Grüne Schatzkammern ausgeraubt
für ein Häufchen Gold, statt Feenstaub.

Für Mais-Mais-Monokultur-Palmölplantagen,
Ödlandsavannen, wo Rinder
Sojawahnsinn[1] „grasen“.

Als Spielball der Wirtschaft,
der Regenwald angefacht,
wüstenhaft dahingerafft
in feuerrotem Flammenmeer.

„Geht rodeln statt roden!
Gießt Bäume statt Öl ins Feuer“,
brüllt Bonnie den Fernseher an,
als im Abspann
„Mein Freund, der Baum, ist tot“ läuft.

Der Fernseher schwarz,
fließt Harz aus ihren Augen,
sie zittert wie Espenlaub
und ihr Herz splittert auch.
Doch aus Kämpferholz geschnitzt,
braut sie sich auf der Fensterbank,
ihren eig'nen Zaubertrank.
Wird dem She-Hulk gleich
zum Body-Building-Bäumchen.

---

1 Wurzelnote: Zu den unzähligen Ursachen der Regenwaldabholzung
gehört neben der dortigen Rinderzucht der Sojaanbau. Wer jetzt meint,
Vegetarier*innen und Veganer*innen müssten gefälligst weniger Tofu
essen, sollte wissen, dass a.) für Tofu, Sojadrinks und Co. meist direkt in
Deutschland und Europa angebaut wird b.) drei Viertel des „Regenwald-
sojas“ als eiweißreiche Proteinquelle für besonders schnelles Wachstum in
der Massentierhaltung verwendet wird.

Eines sonnigen Morgens dann,
kommt der Kieferorthopäde
mit Messer und Meißel an,
meint: „An dir ist zu viel Rinde dran!“
„Gelinde gesagt, häng ich an meiner Rinde“,
ruft Bonnie und greift an.
Will ihn mit durchtrieb’nen Hieben
ihrer Triebe niederstrecken!

„Lass das, du gemeine Kiefer!“, ruft er.
„Ich brech’ dir den Kiefer!“
Beschießt ihn wieder und wieder
mit Harz und Nadeln.
„Ihr fällt wiede, wiede, wie es euch gefällt!
Werd’ mich nicht mehr verbiegen,
die Wälder werden siegen!“

Bei der folgenden Fensterflucht
verliert er seine geliebte Kiefer.
Sie, in der Luft baumelnd,
den Boden unter den Wurzeln,
um in den Odenwald zu purzeln
mit ’nem Purzelbaum.
Um den Wald ranken sich Sagen,
Legenden und Efeu.

Schon tritt aus dem Dickicht,
die Krone auffallend licht: Wiwaldi.
Sein mächtiger Baumbart
’ne gewöhnliche Flechtenart.

„Mit Verlaub, Herr Laubbaum!
Ich muss wissen,
wie Wälder kommunizieren?“
„Hast in ’er Baumschule nich’
aufgepasst, du Holzkopf?
Weißt nich’, wie wir übers
Wurzelwerk telefonieren?“

„Bitte, wir dürfen nich’ länger Wurzeln schlagen!
Alles was einst grün und gut war in dieser Welt
wird vergeh’n! Ich hab’s im Fernsehen geseh’n!“
„Pappelapapp“, widerspricht die Pappel.
„Alles im grünen Bereich.“

Da traut sich vorlaut Waldtraut zu verlauten,
dass sie der tapf’ren Topfpflanze glaubt.
Mit spitzenbesetztem Unterholz
und viel Holz vor der Hütte
ist die Augenweide in der Blüte ihrer Jahre
eine wahre Überredungskünstlerin.
„Dann soll der Waldmeister entscheiden.“

Am geheimen Stammtisch des Wipfeltreffens
wächst Bonnie über sich hinaus.
Berichtet, mit Nadelspitzengefühl gedichtet,
warum unser Regenwald sich lichtet.

Der Ginster schaut finster,
während die Zeder zetert
und die Schlehe „Oh weh“ sagt.

„Ausweiden, ausweiden", meinen die Eiben.
„Isch mach die platt, mit nur einem Blatt!",
schreit 'ne hohle Nuss
und lässt spielerisch ihre Äste knacken.
Selbst das Obst mischt sich ein.
„Zerquetschen, zerquetschen",
rufen die Zwetschgen.
„Hierfür kriegen sie 'ne quittige Quittung!"

„Was hält uns noch hier?
Kriegen eh nur die Klimakrise,
Borkenkäfer und Harz 4[2]",
befürchten die Fichten
in ihren Nadelstreifenanzügen.
Selbst gestandenen Bäumen geht das nah,
die ganze Nacht wird durchgemacht,
bis alle einen in der Krone
und tiefliegende Augenrinde haben.

„Wir müssen uns'ren angestammten Platz
in der Natur verteidigen",
beschließt schließlich der Waldmeister.
Bonnie, die Waldläuferin, ruft:
„Run, Forrest, Run!".
So beginnt der letzte Marsch der Laubwälder.
Noch, geb' ich die Hoffnung nicht auf!
Kannst du schon das Rascheln der Bäume hören?

---

[2] Wurzelnote: Die Nadelbäume haben die Einführung des Bürgergeldes
scheinbar nicht mitbekommen. Genauso wenig, wie sie mitkriegen würden,
wenn eines Tages das Grundeinkommen eingeführt werden sollte.

Sebastian 23

Sebastian 23 ist Bestsellerautor, Aktivist, Poetry Slammer und alt. Seit 2000 tritt er bei Poetry Slams auf, zählt zu den bekanntesten Vertretern dieses Formats und hört einfach nicht auf. Inzwischen tourt er aber auch mit Soloshows, ist als Aktivist für Klimagerechtigkeit unterwegs und kommentiert mit seinen kritischen und satirischen Social Media-Beiträgen das Zeitgeschehen.

2023 erhielt er den Alfred-Müller-Felsenburg-Preis und 2024 erschien sein aktuelles Buch „Alles wird gut – Die Welt retten in 5712 einfachen Schritten". Neben all dem hat Sebastian 23 ein Privatleben, welches in Bochum stattfindet.

Mehr unter: www.sebastian23.org

Schwank aus meiner Jugend
Von Sebastian 23

Da ich nun immer älter werde
– langsam riech' ich schon nach Erde –
Darf auch bei mir, na klar, nicht fehlen
Den Kids von früher zu erzählen

Heut spiel' ich entspannt Canasta
Einst per aspera ad astra
Auf rauen Pfaden zu den Sternen
Von damals kann die Jugend lernen

In meiner Kindheit gab's noch keine
Smartphones oder reine Reime
Was ham wir mit uns angefangen?
So viele Jahre sind vergangen

Es war zu Kreidezeit und Jura
Die ganze Welt noch pur natura
Nirgends gab es Autobahnen
Von SUVs war nichts zu ahnen

Selbst Elon Musk noch nicht geboren
Stattdessen Velociraptoren
Damals zitterte der Boden
Vor veganen Sauropoden

Die meisten war'n auf allen Vieren
Nur T-Rex konnte applaudieren
Also, na ja, zumindest fast
Kein böses Wort hat reingepasst

Niemand, der den Bizeps warm boxt
Stattdessen gab es Triceratops
Ihr Kids kennt das nur aus den Kinos
Doch ich wuchs auf zur Zeit der Dinos

Damals war die Welt noch classic
Ohne BILD und ohne Hektik
Statt dem Zeitdruck, Geld und Technik
Ein großer Park, und zwar Jurassic

Kein Konzern und keine Lobbys
Die Dinos hatten andre Hobbys
Man verstand sich aufs Relaxen
Die meisten Exfreunde war'n Echsen

Am Himmel sah man Sterne schnuppen
Die größte Sorge waren Schuppen
Nirgends hörte man Motoren
Es gab eh noch keine Ohren

Alles grün, komplett nachhaltig
Damals war der Wald gewaltig
Alle Wolken weiß wie Watte
Weil Öl noch keine Plattform hatte

Reiner war die Luft noch nie
Kein Schornstein, keine Industrie
Aus sich heraus versorgten sie
Sich mit fossiler Energie

Was ist denn daraus geworden?
Wie sind die nur ausgestorben?
Ganz ohne nuklearen Knopf:
Der Himmel fiel auf ihren Kopf

Ein riesengroßer Asteroid
Vor dem man nirgendwohin flieht
Der Schaden überall auf Erden
Da blieb halt nichts, als auszusterben

Tja
Heut braucht es keine Himmelssteine
Die Menschen schaffen das alleine
Aus sich heraus versorgen sie
Sich mit fossiler Dystopie

Schmutziger war Luft noch nie
Dürren, Stürme, Industrie
Selbst Existenz kostet jetzt Miete
Heute herrschen die Profite

Der Schaden überall auf Erden
Doch wir müssen nicht aussterben
Ihr könnt aus meiner Jugend lernen
Statt euch hier weiter zu entkernen

Und bevor hier alles umfällt
Sucht neu den Einklang mit der Umwelt
Versucht in Wäldern zu relaxen
Und knutscht auch gern mit den Echsen

Macht die Welt halt wieder classic
Ohne BILD und ohne Hektik
Kein Konzern und keine Lobbys
Lindner braucht dann andre Hobbys

Jenseits aller Neonröhren
Lasst uns dieser Welt gehören
Lernen wir das Leben lieben
Zusammen jung und junggeblieben
Dann können wir vielleicht verschieben
Den nächsten großen Asteroiden

Bonusgedichte: Aal & Igel
Von Elias Raatz

Der Aal, der Aal, welch Qual, welch Qual,
ihm's Leben oft lässt keine Wahl.
Er kämpft mit seinen Emotionen,
der Aal, der Aal, hat Depressionen.

Anmerkung: In der modernen Verhaltensforschung werden Tieren neben Intelligenz auch Gefühls- und Leidensfähigkeit attestiert. Sie empfinden Freude, Angst, Schmerz, Trauer und Einsamkeit. Bei andauernden negativen Stimmungen lässt sich auch bei Tieren von einer Depression sprechen, ausgelöst beispielsweise durch den Verlust des Partners oder anhaltendem Stress. Bei Aalen konnte dies jedoch bisher nicht beobachtet werden.

Die Stacheln schützen ihn vorm Feind,
doch hoffnungslos sein Überleben scheint,
wenn ich mit dem Auto rase
über'n Igel auf der Bundesstraße.

Anmerkung: Nur von großen Wildtieren wie Rehen ausgehend gibt es rein rechnerisch circa alle zweieinhalb Minuten einen Autozusammenstoß. Gerade für Kleinsäugetiere, Amphibien und Reptilien könnten leicht durch Grünbrücken sichere Überquerungsmöglichkeiten geschaffen werden, wenn politischer Wille dazu vorhanden wäre.

Elena Sarto

Elena Sarto (*1999) ist Poetin, Moderatorin und Workshop-Leiterin. Mit einer Mischung aus Prosa und Lyrik verbindet die Österreicherin Themen, die ihr am Herzen liegen, stets von ihrer sarkastischen Art geprägt. 2020 gewann sie die österreichischen u20-Meisterschaften im Poetry Slam. Der hier abgedruckte Text ist bei einem Open-Air Klimaschutz-Event uraufgeführt worden, bei dem sich die Textblätter während des Vortrags aufgrund des extremen Regens aufgelöst haben – eine unerwartete, aber passende Unterstreichung der Stimmung des Textes. Elena Sarto studiert Englisch, Psychologie und Philosophie auf Lehramt in Wien.

Mehr unter: www.elenasarto.com

Feuer, Wasser, Sturm
Von Elena Sarto

Ich schalte den Fernseher ein
und schon sehe ich die schockierenden Bilder:
Da ist Dürre, da ist Flut –
„Aber eigentlich ist alles gleichgeblieben, alles gut“,
sagst du,
während in Europa letztes Jahr
Autos wie Gondolas durch die Straßen trieben
und in Afrika weiterhin die Brunnen versiegen.
Die Wissenschaftler*innen wissen:
Der Meeresspiegel wird steigen
und der Niederschlagsgürtel wird sich verschieben.
Aber ja, alles ist gleichgeblieben.

Unvorbereitet wanken wir
von einem Extrem zum nächsten,
bis das Schwanken uns zu kentern droht.
Denn wir sind alle im selben Boot;
Manche zwar im Business-Teil,
im Luxus-Kreuzfahrtschiff,
andere unter Deck
und sehen kaum das Sonnenlicht.
Aber wir werden früher oder später begreifen,
dass es dasselbe Boot ist.
Wenn es sinkt, trifft es
die anderen zwar als Erste,
aber das ist nur eine Schonfrist.

Im Kindergarten haben wir ein Spiel gespielt:
„Feuer, Wasser, Sturm“
Und wir haben gelernt, wie man sich verhält,
wenn um einen herum die Normalität zerfällt.
Jedes Kind weiß:
Bei Feuer roll' ich mich am Boden,
bei Wasser klettere ich nach oben
und bei Sturm halten wir uns fest,
damit es uns nicht wegweht.
Das waren vorgegebene Schritte, die jeder versteht.
Aber irgendwie hat uns niemand
auf den Tag vorbereitet,
an dem alles gleichzeitig auftritt.
Was ist der richtige Schritt,
wenn Stürme die Wellen wachsen lassen,
die Hälfte der Welt versinkt unter Wassermassen
und Hitze und Trockenheit
die restliche Welt in Flammen aufgehen lassen?

Im Kindergarten haben wir ein Spiel gespielt.
Ein Spiel, bei dem
jedes Wetterereignis einzeln kam.
Wir haben ein Spiel gespielt,
als sich das Wetter noch an unsere Regeln hielt.

Jetzt sind wir überrascht
und wissen nicht,
wie wir uns verhalten sollen.
Denn langsam holen uns die Folgen ein
von dem, was wir immer noch verdrängen wollen.

Wir haben viel Energie verschwendet,
so zu tun, als gäbe es kein wirkliches Problem,
doch jetzt können wir die Auswirkungen
schon mit eigenen Augen sehen.

Wir wissen seit Jahren,
dass der Klimawandel
fruchtbares Land in Wüsten verwandelt,
haben aber vergessen,
dass es sich dabei nicht nur
um ein Problem von Afrika handelt,
denn das Wachsen der Wüsten
ist schon echt schlimm.
Aber erst als Deutschland
unter Wasser stand,
sahen wirklich alle hin.
Dass es auch ein reiches, einflussreiches Land
in Mitteleuropa trifft, hat die Welt sehr schockiert.
Denn die Menschheit hat die Warnungen
zu lange ignoriert.

Wir sehen, wie das Wasser steigt
und fragen uns, wie viel Zeit noch bleibt.
Unsere geschaufelte Grube füllt sich langsam,
während wir den letzten Boden versiegeln,
sodass das Wasser nicht mehr abfließen kann.

Wir graben uns unser eigenes Grab,
bevor wir sogar den Friedhof zubetonieren,
während wir immer noch versuchen zu profitieren.

Wir können Feuer nicht nur löschen,
wenn sie auftauchen.
Wir müssen aufhören,
Maßnahmen zu ignorieren,
die wir wirklich brauchen.
Da wir mit jeder neuen Straße
unzählige Mikroorganismen verlieren,
die unseren Boden fruchtbar machen
und dann auf der Suche
nach neuen Feldern stattdessen
den Regenwald platt machen.

Bei „Feuer, Wasser, Sturm" begreift jedes Kind,
dass man sich festhalten muss bei Wind.
Aber ihr greift nur nach Strohhalmen.
Wenn ihr Wege sucht,
euer Handeln zu argumentieren,
wollt ihr nur euren Profit expandieren.
Und leider hat die Erde kein Geld,
das sie euch geben kann
im Austausch für ihr Leben,
denn all die Rohstoffe
habt ihr schon ausgegeben.
Die Erde stirbt, aber wenigstens
werdet ihr immer reicher.

Wir versiegeln Böden
und zerstören so unsere Wasserspeicher.
Und dann müssen wir unsere Felder
künstlich bewässern.

Wir verschwenden so viel Zeit,
um die eigenen Fehler auszubessern.

Wir konzentrieren uns nur auf den Zweck
und ignorieren die Mittel.
Wir töten Mikroorganismen
und ersetzen sie durch giftige Düngemittel,
die wir dann in unserem Grundwasser haben.
Es sieht so aus, als würden wir uns
immer weiter eingraben,
denn wir agieren nur kurzsichtig
und verwechseln „leicht" mit „richtig".

Wir fokussieren uns bloß auf den Gewinn.
Denken beim Planen der neuen Autobahn
nicht daran, was wir verlieren.
Denn je mehr Fläche wir zubetonieren,
desto weniger Wasser
kann durch Verdunsten
unsere Atmosphäre stabilisieren.
Die Pläne der Politik wirken unreflektiert
und dabei wissen sogar Laien wie ich, was passiert,
wenn kühle und warme Luftmassen kollidieren.
Sogar die österreichische Hagelversicherung
fordert schon, dass wir endlich reagieren,
denn wir können nicht jährlich
immer mehr Ernten an Unwetter verlieren.

Ich habe einmal einen Text geschrieben
und wurde danach dazu gefragt:

„Wieso musste es ein Text zum Klima sein?
Wir haben zurzeit ja wohl andere Probleme."
Denn neben einer Pandemie, Inflation, Krieg,
wirkt Umweltschutz wie etwas,
was man vernachlässigen kann,
was gerade nicht so dringend ist,
darum kümmern wir uns dann…

Es fühlt sich so fern an,
gleich kommt sicher der Abspann,
denn diese Dystopie kann doch nur
ein weiterer Film mit teuren Special-Effects sein.
Aber egal, wie lange wir die Nachrichten schauen,
egal, wie unmöglich sie uns erscheinen,
einen Abspann mit „Regie von Steven Spielberg"
finden wir leider keinen.
Denn das ist die Realität
und wenn wir nicht bald handeln,
ist es zu spät.

Uns überfluten die Nachrichten
und wir wissen nicht,
gegen was wir als Erstes etwas tun sollen.
Gegen die Hochwasser,
die Dürren,
die Stürme,
die Waldbrände,
das Plastik im Meer,
die Luftverschmutzung
oder doch die schmelzenden Schollen?

So viele Probleme,
die wir gleichzeitig lösen wollen.
Wir drehen uns im Kreis,
fühlen uns überfordert
von der Menge der Feuer,
die es zu löschen gilt.
Sind gelähmt von diesem
negativen Zukunftsbild.

Jemand ruft: „Feuer, Wasser, Sturm!"
Soll ich nun zuerst nach oben
oder doch auf den Boden?
Wir suchen etwas,
an dem wir uns festhalten können,
etwas, das uns Sicherheit gibt.
Doch die Gerüste wirken so zerbrechlich,
wir brauchen etwas, das nicht sofort nachgibt.
Wir können die Feuer nicht nur löschen,
wenn sie auftauchen.
Wir müssen Lösungen anvisieren,
die wir wirklich brauchen.
Denn es ist Zeit
an die Politiker*innen zu appellieren,
weiter als bis zum Ende ihrer Amtszeit zu denken,
und endlich der Wissenschaft Gehör zu schenken.
Wir brauchen eine langfristige Planung,
die die Zerstörung des Planeten
nicht noch weiter vorantreibt,
sodass „Feuer, Wasser, Sturm"
auch für unsere Kinder ein Spiel bleibt.

Markus Haller

Markus Haller wurde 1994 im österreichischen Linz geboren. Weil ihm diese Stadt eine unerschöpfliche Quelle lyrischer Inspiration zu sein scheint, sah er auch nie einen ernsthaften Grund, sie für einen längeren Zeitraum zu verlassen.

Nachdem er das Format Poetry Slam zwei Jahre aus sicherer Entfernung im Publikum beobachtet hatte, wagte er 2018 den Sprung auf die Bühne, wo er mittlerweile auch in anderen Kleinkunstformaten wie Improtheater sein Unwesen treibt. Als seinen größten Erfolg sieht er seine unbeabsichtigte Disqualifizierung bei der österreichischen Solo-Meisterschaft im Poetry Slam 2023 sowie das Erringen des letzten Platzes im Teamwettbewerb.

Fotosynthese
Von Markus Haller

Letztens hab ich nachgedacht
Was man mit dem Planeten macht
Da in der tapf'ren, neuen Welt
Leider schon lang die Erde brennt
Und nach abertausend Stunden
Hab die Lösung ich gefunden
Ich muss nicht Medizin studier'n
Mich nicht in Pharmazie verlier'n
Ich muss die Weltformel nicht finden
Und ich heil' auch keine Blinden
Muss kein Ehrenamt betreiben
Oder kritische Texte schreiben
Ich mach' keine Plasmapherese
Denn das reicht nicht mehr aus
Ich mach' Fotosynthese

Denn was int'ressiert mich schon
Lebensmittelinflation
Denn was zum Schmausen mich verführt
Ist alles, was das Licht berührt
Brauch nie mehr Schinken, Toast oder Käse
Nein, ich ernähr' mich mit Fotosynthese
Ich bin befreit von Nahrungsdrängen
Und wills auf allen Wellenlängen
Von Violett bis Infrarot
Ist Sonnenlicht mein täglich Brot

Bin nicht nur hinter den Ohren grün
In meinen Adern Chlorophyll
Auf der Nordseite moosbewachsen
Statt Kapillaren Chloroplasten
Und niemals geh' ich zum Friseur
Weil ich dann ja ein Bonsai wär
So könn' die Leut' mich nun bestaunen
Denn ich habe nicht einen
Nein, ich hab zwei grüne Daumen

Und so rett' ich diese Stadt
Auch wenn es mich verändert hat
Denn seh' ich einen Aktivist
Wie der sich auf die Straße pickt
So hat er dafür meinen Segen
Doch bin ich ihm klar überlegen
Denn muss ich mich nicht mit Kleber plagen
Ich könnt' auch so hier Wurzeln schlagen
Und dann steh' ich da, tonnenschwer
Als Bollwerk gegen den Verkehr
Zu jeder Nacht- und Tageszeit
In meinem grünen Blätterkleid
Und wenn das Land der Winter packt
Werf' ich es ab und steh da nackt

Doch kommt wieder die Sommerzeit
So leist' ich stetig Schwerstarbeit
Und bin hochgradig produktiv
Wenn ich nur in der Sonne lieg

Und schliefe ich dann am Strande ein
Unter sengendem Sonnenschein
Vor dem ich mich dann nicht versteck'
Ja dann bekomm' ich Sommerspeck
Doch brauch' ich nie Low-Carb-Diät
Wenn ich mich in den Schatten leg
Und wenn selbst das mal nichts mehr bringe
So nenn' ich es halt Jahresringe

Doch wenn die Zeit an mir auch nagt
Sinkt nie mein Wert am Datingmarkt
Der da mein neuer Skill hier wirkt
Für mich nun auch Gefahren birgt
Und einer will ich mich besinnen
Ich fürcht' mich vor Veganerinnen
Denn bei Gott zu meinem Graus
Seh' ich gar schmackhaft für die aus
Und wieder andre woll'n mich quälen
Und mir nur mein Geheimnis stehlen
Weil ich selbst Pflanzen nicht mehr brauche
Sondern sie höchstens noch mal rauche

Doch mich zu daten macht nicht Sinn
Seit ich so geworden bin
Ich kann nicht Sonnenaufgang gucken
Ohne mich dran zu verschlucken
Wandern ist mit mir Verdruss
Denn Baumgrenze heißt für mich Schluss
Und was will ich mit deiner Liebe
Denn ich krieg' nur im Frühling Triebe

Bindungen kann ich nicht genießen
Weil sie vergessen mich zu gießen
Und ich will keine Kinder, nein
Ich hab schon Setzlinge daheim
Und will mir eine an die Hose
Dann sag ich nein, denn ich beherrsch jetzt Mitose

Doch letztens hab ich nachgedacht
Was man mit dem Planeten macht
Und da dieser jetzt schon brennt
Will ich mit euch diesen Moment
Nutzen um euch einzuweihen
In das Fotosyntheser-Sein

Ich bitte euch, tut es mir gleich
Entfaltet euer Blätterreich
Und spürt das Kohlendioxid
Wie es hier seine Bahnen zieht
Wasser im Mund zusammenläuft
Wenn sich das CO_2 jetzt häuft
Du brauchst nie mehr Bœuf Stroganoff
Nein, du willst puren Kohlenstoff

Und inhaliert des Raumes Licht
Das sich an euren Körpern bricht
Das Treibhausgas hinunterschlucken
Um $6O_2$ wieder auszuspucken
Und dazu noch $6H_2O$
Für komplette Hydration

Und spür hinein wie du das findest
Wenn du C6H12O6 nun bindest
Von Stirnfransen bis Unterhose
Dein ganzer Körper ist Glucose
Und fühlst dich nun ganz wunderbar
Sofern nicht Diabetiker

Und stündest du auf grüner Wiese
Du Bollwerk gegen Klimakrise
Du Vollendung der Evolution
Du menschgewordene Kernfusion
Du regionales Treibhaustief
Dein Fußabdruck ist negativ
Und stehst mit Armen hocherhoben
Um deinen Beitrag hochzuloben
Und stehst du hier, so frage ich
Sprich zu mir, wie fühlst du dich?

Denn du erwachst mit einem Mal
Und wir sind hier, im dunklen Saal
Wo nichts vor der Erkenntnis schützt
Dass uns dieser Fake nichts nützt

Und letztens hab ich nachgedacht
Was man mit dem Planeten macht
Und in Anbetracht der Lage
Hab ich noch eine letzte Frage
Auf dass der Planet irgendwann mal genese
Was ist deine persönliche Fotosynthese?

Alle Autor*innen

Anna Lisa Azur   Paula Dorten   Sarah Garstenstein

Markus Haller   Ansgar Hufnagel   Michael Jakob

Emil Kaschka   Sören Pischki   Max Raths

Elena Sarto   Sebastian 23   Theresa Sperling

Christine Teichmann   Katharina Wenty   Emm Weyrauch

Vorwort & Bonusgedichte: Elias Raatz | Illustrationen: Barbara Gerlach

Weitere Bücher
von unseren Autor*innen

Theresa Sperling präsentiert in ihrem Sammelband alle 33 lyrischen Slamtexte aus 2014–2024. Jeder ihrer Texte hat ein eigenes Vorwort zur Entstehungsgeschichte sowie Anmerkungen zu Performance und Wirkung des Stücks. Stürzt euch in zehn Jahre künstlerisches Schaffen der **zweifachen deutschsprachigen Meisterin im Poetry Slam.**

Emm Weyrauchs Gedankengalerie entstand aus dem Wunsch, Ideen, Gefühle und Gedanken festzuhalten, sodass sie andere Menschen besser sehen können. In diesem Buch befinden sich Werke aus über zehn Jahren Bühnenpoesie, an den unterschiedlichste Orten. Sehr persönlich und sichtbar und mittels zweier Buchdeckel gebändigt.

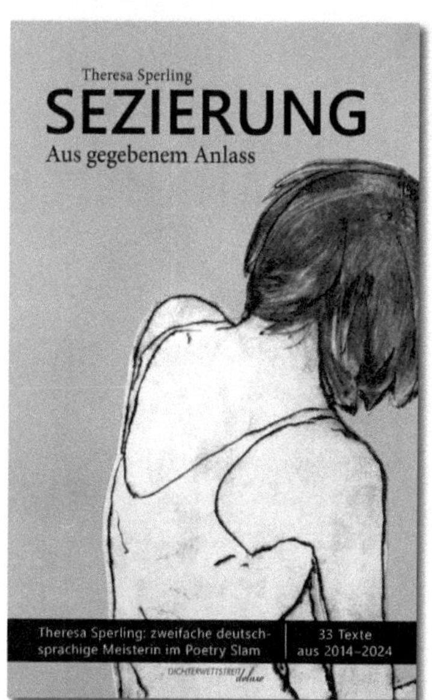

Sezierung
Theresa Sperling
ISBN: 978-3-98809-015-7
16,00 EUR (DE)

Gedankengalerie
Emm Weyrauch
ISBN: 978-3-98809-013-3
14,80 EUR (DE)

Weitere Bücher aus...

„An die Rollatoren, fertig, los!" über Rentner, Omas und das Altwerden.

Es ist immer die vorhergehende Generation, die eine darauffolgende prägt. Grund genug, dieser Generation einen Sammelband mit Texten einiger der besten Slam Poeten und Poetinnen des deutschsprachigen Raums zu widmen. Freuen Sie sich auf ganz unterschiedliche Perspektiven.

„Intelligenz ist keine Krankheit" über Nerds, Gamer und Streberinnen

Überall sind sie zu finden, leben mitten unter uns und auch Sie sind bereits einem derlei wundersamen Wesen begegnet. Gut getarnt hinter Pullundern und Nickelbrillen warten Nerds, Gamer und Streberinnen darauf, dass ihre Sternenzeit beginnt. Entdecken Sie mit diesem Buch eine neue Galaxis.

Themenband 1
ISBN: 978-3-98809-002-7
12,95 EUR (DE)

Themenband 2
ISBN: 978-3-98809-004-1
12,95 EUR (DE)

www.dichterwettstreit-deluxe.de

...unserer Themenband-Reihe

„Hanf aufs Herz" über Cannabis, Alkohol und weitere Drogen. Gönnen Sie sich einen literarischen Kick – 100 Prozent legal und ohne Rezept! Lassen Sie sich in eine Welt entführen, in der Realität und Rausch verschmelzen. – mit facettenreichen Texten von legalen über halblegale bis hin zu illegalen Drogen sowie ihren Bann aus Abgründen und Abenteuern. Warnung: Macht süchtig!

„Von Landeiern und Großstadtpflanzen" über Heimat, Identität und Zuhause.
Heimat – ein Wort, für das es nur in wenigen anderen Sprachen eine Entsprechung gibt. Doch was bedeutet Heimat wirklich? Ist sie ein Ort, sichere Zuflucht, eine Erinnerung, ständige Sehnsucht, ein Gefühl? Mit poetischen, eindringlichen und humorvollen Texten gehen wir auf Spurensuche.

Themenband 3
ISBN: 978-3-98809-009-6
12,95 EUR (DE)

Themenband 5
ISBN: 978-3-98809-025-6
12,95 EUR (DE)

DICHTERWETTSTREIT *deluxe*

Unser gesamtes Programm gibt's unter:

www.dichterwettstreit-deluxe.de/shop

www.dichterwettstreit-deluxe.de

facebook.com/DichterwettstreitDeluxe

@dichterwettstreit_deluxe